# मल्लू मठफोड़वा

[उपन्यास]

# मल्लू मठफोड़वा

राकेश रंजन

प्रकाशन संस्थान
नई दिल्ली-110002

प्रकाशक
**प्रकाशन संस्थान**
4268-B/3, अंसारी रोड, दरियागंज
नई दिल्ली-110002



मूल्य : 200.00 रुपये
प्रथम संस्करण : सन् 2012
ISBN : 978-81-7714-401-7
आवरण : जगमोहन सिंह रावत

**मुद्रक :** बी. के. ऑफसेट, दिल्ली-110032

मद्धी को
जो मेरे जीवन की
माधुरी है

## प्रवेश

मेरी जिंदगी में ऐसा कुछ नहीं, मद्धी, जो तुम्हें अद्भुत या असाधारण लगे । फिर भी यदि तुम इसके बारे में जानना चाहती हो, तो मैं जरूर बताऊँगा । मैं जानता हूँ कि मुझमें तुम्हारी यह दिलचस्पी, यह जिज्ञासा, मेरे प्रति तुम्हारे प्यार के कारण है, जो मेरे लिए एक बड़ी चीज है और उसकी अवहेलना मैं नहीं करूँगा, कर नहीं सकता ।

एक फूल के होने में कितनी चीजों का होना होता है, मद्धी ! हवा, पानी, धूप, मिट्टी, बीज, रंग, खुशबू, भौंरे, तितलियाँ, ओस, बवंडर... और कितनी ऐसी चीजें, जिन्हें हम देख नहीं पाते, जान नहीं पाते, समझ नहीं पाते ! एक फूल अपने आप में क्या है ? इन चीजों का जोड़ ही तो है !

इसी तरह, मद्धी ! मेरी जिंदगी में अपना कुछ भी नहीं । यह कई जिंदगियों के जोड़ से बनी है । उनके साहचर्य में मैंने जो देखा, भोगा, महसूस किया, बल्कि जो सुना भी, उन सबके ताने-बाने में बुनी है । मेरी कहानी में कई कहानियाँ शामिल हैं, मद्धी ! बल्कि उन सभी कहानियों को मिला दो, तो मेरी कहानी बनती है ।

मैं तुमसे पक्के तौर पर नहीं कह सकता, कि जो कहूँगा, कितना कह पाऊँगा, उसमें कोई सिलसिला होगा भी या नहीं, उसे कोई मुकाम दे भी पाऊँगा या नहीं । पर तुम्हारे लिए मैं कोशिश करूँगा कि वह छोटी-सी कहानी कह सकूँ— एक आधी-अधूरी जिंदगी की छोटी-सी कहानी—जो मासूमियत और गिलाजत के दोनों किनारों के बीच से होकर बहती है और जिसकी धार में सच और सपने सब मिले हुए हैं...

## एक

सन् तिरासी के बैसाख की एक चिलकती दोपहर में, जबकि हर तरफ एक उदासी, एक उचाट कर देनेवाली वीरानी और धूल फैली हुई थी, माँ ने मुझे ननिहाल भेज दिया ।

माँ की गोद में उसकी चौथी संतान—और मेरी दूसरी बहन—आ गई थी और उस नवजात के उचित पोषण के लिए जरूरी हो गया था कि माँ की गोद और गृहस्थी का भार तत्काल कुछ कम हो ।

भैया बारह साल के थे । वे समझदार हो रहे थे और घर का कुछ सौदा-सुलुफ भी करने लगे थे, इसलिए उन्हें भेजना ठीक नहीं था । मुझसे छोटी बहन महज चार साल की थी, जिसके बारे में परिवार की आम राय थी कि माँ के बगैर वह नहीं रह पाएगी, बहुत रोएगी, सो उसे भेजना तो कतई ठीक नहीं था । बचा मैं, जिससे माँ के तंग होने की संभावना सबसे अधिक लग रही थी और जिससे किसी प्रकार के सहयोग की भी कोई आशा नहीं की जा रही थी, सो मुझे जाना पड़ा । मामा आए और मुझे ले गए । रास्तेभर मेरा कलेजा हहरता रहा, आत्मा बिलपती रही । कसाई के ठीहे की ओर जाते बेबस मेमने को जैसा अनुभव होता होगा, वैसा ही अनुभव मुझे हो रहा था ।

आज सोचता हूँ तो लगता है, लगभग तीस मील की मेरी वह पहली पैदल यात्रा किसी ऐतिहासिक 'लौंग मार्च' से कम त्रासद नहीं थी ।

मैं नौ साल का था ।

## दो

हरदासपुर—मेरा ननिहाल-गाँव !

गंगा से आध मील उत्तर, समस्तीपुर जिले का एक ठेठ दियारा क्षेत्र ! मिट्टी और फूस की बनी-अधबनी पचास से भी कम झोपड़ियों, तीन सौ से भी कम आबादी और चारों तरफ दूर-दूर तक फैले रेतीले भूखंडोंवाला विपन्न, एक अवसन्नकारी गाँव !

गाँव से सटे दक्षिण में एक बाँध । उसके बाद गंगा तक बेहिसाब छाए हुए झाऊ के काँटेदार जंगल—साँपों-सियारों का अभयवन भयानक ! फिर गंगा—शांत और श्लथ—निर्जन एकांत में थक-हारकर सोई हो जैसे । गंगा-पार

रेत, और रेत, सिर्फ रेत । रेत पर चमकती, आँखों को चौंधियाती हुई धूप—एक असह चिलचिलाहट, एक हिलता हुआ शून्य और सन्नाटा अटूट—रहस्यमय विस्तारों में खोई हुई मेरे लिए दारुण एक दुनिया अनजान, वीरान !

नानी मुझे डराती थी—रेती में मत जाना, सिरकटवे रहते हैं ! बाँध पर मत खेलना, लड़िकधरवे घूमते हैं ! झउआ में मत घुसना, उसमें राकस हैं, पिचास हैं ! गंगा में मत उतरना, पनडुब्बे पकड़ लेंगे !

नानी डराती थी और मामा डाँटते थे । हालाँकि वे मेरी सुरक्षा और पढ़ाई-लिखाई को लेकर बेहद सतर्क थे, इसीलिए ऐसा करते थे, पर उस समय यह बात मेरी समझ से बाहर थी । मुझे घर की बहुत याद आती थी । माँ, पिता, बाबा, दादी, भैया, बहन और वह नवजात बहन, जिसका मुँह भी मैं ठीक से देख नहीं सका था और लाख कोशिशों के बाद भी जिसका चेहरा याद नहीं कर पाता था और जिसका नाम तक नहीं जानता था—उन सबको याद कर-करके अकेले में सबसे छुप-छुपके मैं रोता रहता था ।

रेत में तड़पती, बेआवाज दम तोड़ती किसी मछली का दर्द क्या होता है, यह खुद वही जानती है या खुदा ही जानता है !

हरदासपुर मुझे ऐसा लगता था, जैसे वह गाँव नहीं, अछोर कोई मरुस्थल हो, और मैं मैं नहीं, तकलीफ के अंधकूप में बेसहारा डूबती कोई बेजरूरत-सी जिंदगी, जिसके उबरने की अब कोई आस, कोई सूरत नहीं ।

ये वे दिन थे, जिन्होंने मेरी पूरी शख्सियत और जिंदगी की बुनियाद रखी ।

वहाँ मेरा नामांकन बाँध पर स्थित एक भग्न और भुतहे-से मिडिल स्कूल में हुआ, जिसकी डरावनी छवि ने मेरे डरे दिल को और भी डरा दिया । उसकी सारी खिड़कियाँ गायब थीं, दीवारें जहाँ-तहाँ से धसकने लगी थीं, छत का पलस्तर टूट-टूटकर गिरता था, ब्लैकबोर्ड पूरी तरह जर्जर होकर अध्यापन-कार्य के अयोग्य हो चुके थे, कुर्सियाँ बैठने के लिए महफूज नहीं रह गई थीं और अध्यापक पढ़ाते कम, पीटते ज्यादा थे । मेरा नामांकन हुआ पाँचवें क्लास में । चौथे तक की पढ़ाई मैं अपने मुहल्ले के मदरसे में कर आया था ।

स्कूल के लिए स्लेट, खड़िया और बोरिया लेकर मैं निकलता था । कपड़े खुद ही पहनता था, इसलिए कमीज के बटन अक्सरहा गलत काजों में लगे होते थे । मेरे पास जूते नहीं थे, चप्पलें भी नहीं । गरमी के उन दिनों में स्कूल आते-जाते धूप मुझे झुलसाती रहती थी और मैं निश्छत्र छटपटाता रहता था । मेरे

पैरों-तले जमीन अंगारों-सी दहकती रहती थी । रास्ते में कोई झोपड़ी तक नहीं थी, ऐसा कोई पेड़ तक नहीं था, जिसकी छाया में क्षणभर मैं शरण पा सकता । बाँध पर सिर्फ सेमल का एक पेड़ था, एकदम पत्रहीन और छायाहीन, जिसके कंटक-तन से सटकर मैं माँ को बहुत याद करता था । उसका प्यार-दुलार, उसका वात्सल्य, उसका संरक्षण, उसका गमकता हुआ गर्म, नर्म आँचल, उसके गीत... ! मैं व्यथा से फटने लगता था और काँपते हाथों से स्लेट पर लिखता था– 'माँ', और उसे हृदय से लगाए रखता– "मैं तुम्हें याद नहीं आता, माँ ?"

फिर गरमी की छुट्टियाँ शुरू हुईं । स्कूल बंद हो गया । इससे शरीर को तो कुछ राहत मिली, पर वक्त बिताना और दूभर हो गया । दिन पहाड़ हो गए– मरे हुए, गूँगे, धधकते पहाड़; और रातें अंधकार के वे सैलाब हो गईं, जिनके काले आगोश में दुनिया के सारे नजारे और किश्तियाँ डूब गई हों ! फिर बरसात आई और आँखों के आगे से अक्सर दिन के दृश्य भी गायब होने लगे । कुछ भी सूझता नहीं था–न रंग, न रोशनी, न तारे, न आसमान ! जिन आँखों में अमावस बसा हो, उनमें चाँद कहाँ से झलमलाता ?

## तीन

मगर वहाँ बाग भी थे । बागों में फूल भी खिलते थे । फूलों पर तितलियाँ भी मँडराती थीं, भौंरे भी गुंजार करते थे । पेड़ों पर मीठे फल भी लगते थे, चिड़ियाँ भी चहचहाती थीं । वहाँ दूधभरी खिरनियाँ भी थीं, मीठे शहतूत भी, झड़बेरियों की झाड़ियाँ भी, खटमिट्ठी मकोइयाँ भी । आसमान में इंद्रधनुष भी बनते थे, तारे भी टिमटिमाते थे, आँखों में चाँद भी झलमलाता था । यह मैंने तब जाना, जब मेरी दोस्ती फुल्ला से हुई ।

वह मेरे ही क्लास में थी, पर उससे मेरा परिचय काफी देर से हुआ– मेरे दाखिले के लगभग चार माह बाद, शरदारंभ में, जबकि आकाश बिलकुल नील-निर्मल हो गया था, धूप रजत के पारदर्शी समुद्र-सी दमकने लगी थी, काँस के सफेद फूलों की आभा से भूमि के ओर-छोर आभासित हो उठे थे और जलभरे गड्ढों-जलाशयों के गिर्द बगुलों के खामोश झुंड उतर आए थे ।

इतना उजास क्या उसके हास के निश्छल जादू से फैला था ?

"यहाँ से पूरब में, झउआ के पार, बहुत सारे बाग हैं ।" उसने बताया– "आम के बाग और लीची के... बँसबाड़ी, सिसबन्नी, अमधुरबन्नी–सब कुछ

है उधर ।" पूछा– "तुमने खरहा देखा है ?"

"न !"

"और साही ?"

"उहूँ !"

"खिक्खिर ?"

"वह भी नहीं !"

"नेउर ? घोड़परास ? कुछ भी नहीं ?"

"नहीं !" व्यग्रता से कहा मैंने, पूछा– "तुम गई हो उधर ?"

"हम तो रोज ही जाते हैं ।" उसके स्वर में एक सहज प्रफुल्लता थी– "हमारे बाबूजी जाते हैं भोर में, गाय चराने । उनके साथ हम भी जाते हैं भुल्ली को लेकर ।"

"भुल्ली कौन ?"

"बकरी हमारी । तुम क्या समझे ?"

"कुछ नहीं । बहुत दूर है यहाँ से ?"

"नहीं ।" सहज निश्चिंत भाव से बोली वह, फिर जैसे उसके स्वर में एक चहक भर गई– "सुबह-साँझ गौर से सुनना, वहाँ की चहचहाहट यहाँ तक सुनाई पड़ती है !"

"मुझे भी ले चलोगी ?" मेरे स्वर में याचना थी और कलेजे को मथ रही थी एक उत्कट बेचैनी ।

"ठीक है, कल चलना !"

"भोर में ?"

"हाँ । जिस समय मुरगे बाँग देते हैं, हमारे घर आना !"

"और तुम्हारे बाबूजी... ?"

"उनसे भी मिल लेना ! वो जानते हैं तुम्हें, बड़ी तारीफ करते हैं, कहते हैं– मथुरा बाबा का नाती बड़ा शांत है ! ऐसे रहता है जैसे महोख !"

"अच्छा ?"

"हाँ तो ! और हमें क्या कहते हैं, जानते हो ? कहते हैं– फुल्ला ! तू फुल्ला नहीं, फुलसुँघनी है ! दिनभर फुरफुराती फिरती है !"

वह हँसी खिलखिलाकर ।

मैं भी हँसा ।

हरदासपुर में मेरे हँसने की यह पहली घटना थी । मन में जो एक सवाल

अभी-अभी उभरा था कि महोख क्या होता है, वह फिलहाल हमारी हँसी की तरंग में बह गया ।

## चार

योजनानुसार भोर में उसके घर पहुँचा । मुरगे बोल चुके थे । पौ फटने को थी ।

उसके पिता सुरनाथ सिंह मेरे नाना को बड़ा मान देते थे, उनसे पढ़ चुके थे । मेरे नाना राजकीय मध्य विद्यालय में संस्कृत-शिक्षक थे और इधर कई बरसों से घर से काफी दूर, जिले के बिलकुल दूसरे छोर पर पोस्टेड थे और वहीं रहते थे । सिर्फ लंबी छुट्टियों में आते थे । उनमें पांडित्य का तेज था और उससे अधिक उदारता की तरलता । उन्हें मूल्यों से लगाव था और उससे अधिक मनुष्यों से प्यार । उन्हें पूरी गीता कंठस्थ थी, जिसका वे सुबह-शाम पाठ करते थे, धीरे-धीरे, इस तरह कि किसी के काम में कोई बाधा न हो । गीता उन्हें कंठस्थ ही नहीं, आत्मस्थ भी थी । उनका एक स्नेह-स्पर्श मेरे अनेक तापों को हर लेता था, मेरी आत्मा को स्निग्ध कर देता था । पर दुर्भाग्य से, उनका सान्निध्य मुझे बहुत कम प्राप्त हुआ ।

सुरनाथ सिंह मवेशियों के ऊपर ओढ़ाए हुए कंथे, जो बोरियों और फटे-पुराने कपड़ों को सीकर बनाए गए थे, ठीक कर रहे थे । मवेशी कितने— एक गाय, एक बकरी और एक जोड़ा बैल । वे मेरे पास आए और बोले— "ऐसे तो तुम्हें ठंढ लगेगी !" उन्होंने अपनी चादर मेरे तन से लपेटकर बाँध दी— "अब ठीक है ! गुरुबर का नाती, बाँध लिया गाँती !"

फुल्ला पास ही बैठी थी । बकरी को अँगोछा बाँध रही थी । उससे बोले— "इसे अपनी चप्पल दे दे ! तू दूसरी पहन ले !"

फुल्ला ने ऐसा ही किया ।

बैलों को सानी-पानी देकर, बारी-बारी से उन्हें गले लगाकर सूँघकर, उनकी पीठ थपथपाकर, उन्होंने गाय खोली और जैसे अनायास, स्वतःस्फूर्त ढंग से उनके मुख से निकला— "हे प्रभो !"

फिर हम निकल चले । हम यानी हम पाँच । भोर की निस्तब्धता में हर तरफ मवेशियों की घंटियों की टुनटुनाहट गूँज रही थी । पौ फट रही थी ।

लगभग मीलभर चलने के बाद बाग आए—आम-लीची के बाग । बाग क्या थे, साक्षात् स्वप्न थे—हरे-भरे स्वप्न ! सुरनाथ सिंह गाय लेकर बागों के

पार चले गए, जिधर खुला मैदान था, हरी घास-भूमि थी । मैं और फुल्ला बागों में घूमने लगे । अद्‌भुत थे वहाँ के दृश्य, मेरे लिए अब तक अनदेखे ! हर तरफ धुली घनी हरियाली और रंग-बिरंगे फूल ! पेड़ों में फूल और पौधों में फूल, झाड़ों में फूल और घासों में फूल !

"अरे ! घासों में फूल ?" मैं विस्मित था ।

"हाँ ! घासों में फूल... और काँटों में फूल !" फुल्ला ने जिधर इशारा किया, उधर सचमुच काँटों में पीले-पीले फूल खिले थे ।

"कटैया हैं !" उसने बताया ।

वहीं एक तरफ की झाड़ियों से, कंचों के आकार के गोल-गोल फल झाँक रहे थे । उसने इशारा किया– "देखो, मकोइयाँ ! पक रही हैं ! खाओगे ? आओ !"

हम दोनों झाड़ियों में धँस गए, ढेर सारी मकोइयाँ तोड़ लाए । एक मैंने मुँह में रखी, खाने लगा तो पूछा उसने– "कैसी है ?"

"खटमिट्ठी !"

"और खाओ, जितना चाहो, बहुत हैं यहाँ !"

आसिन की धूप अब खिल उठी थी । उसमें प्रकृति का रूप जगमगाने लगा था । मंद-मंद बहती हवा में हलकी-हलकी ठंढक थी । फुल्ला की छोटी-सी गोल नाक गुलाबी आभा से दमक उठी । मैंने उसे छेड़ा– "तुम्हारी नाक मकोई-सी है, फुल्ला !"

"क्या कहा ? मकोई-सी ? ठहरो अभी !" वह मुझे पकड़ने दौड़ी, मैं भागा । मैं देर तक भागता रहा, वह देर तक पकड़ती रही । मैं भागते-भागते थक गया, वह पकड़ते-पकड़ते थक गई । थककर मैं बैठ गया, बोला– "आज मैं थक गया, कल पकड़ लेना !"

थककर वह भी पास आकर बैठ गई, बोली– "आज तो हम भी थक गए, कल पकड़ लेंगे !"

दौड़ने से उसके गोल मुखड़े की कांति और भी निखर उठी थी, नाक की गुलाबी आभा और भी प्रगाढ़ होकर दमकने लगी थी ।

"और मकोई है ?" उसकी नाक की ओर देखते हुए, हँसी रोकते-रोकते हँस पड़ते हुए पूछा मैंने ।

"है, बहुत है ! यह लो !" उसने मेरे पखुरे पर चिकोटी काटी और तमककर पूछा– "कैसी लगी ? खट्टी या मीठी ?"

"खटमिट्ठी !" आधा बिलबिलाते, आधा खिलखिलाते मैं बोला ।

उसी समय सुरनाथ सिंह आ गए, अँगोछे में अमरूद लिए– "लगा कि दोनों को भूख लगी होगी !"

"आप उधर गए थे, बाबूजी ? अमधुरबन्नी में ?" फुल्ला ने जिज्ञासा की ।

"हाँ ! क्या अमधुर फरे हैं इस बार ! अह् !"

"और तोते ?"

"वे भी खूब आए हैं ! जितने अमधुर उतने तोते !"

लौटते वक्त फुल्ला ने मेरे पखुरे को छुआ– "दुख रहा है ?"

"नहीं तो !"

"अब नहीं काटेंगे !"

"पर दुखा नहीं था ! सच्ची !"

"झुट्ठे !"

## पाँच

कुछ समय बाद वसंत में, एक सुबह वह दौड़ी-दौड़ी आई ।

"जल्दी चलो ! जल्दी चलो !" वह काफी हड़बड़ी में थी ।

मैं घबरा गया– "क्या हुआ ? कहाँ चलें ?"

"चलो आम चुनने ! जल्दी चलो !"

"ठीक है, चलो ! चलना किधर है ?"

"गाछी में, और कहाँ बुद्धू !"

रास्ते में बताया उसने– "रात अंधड़ आया था ! बहुत आम मिलेंगे !" फिर डरी मुख-मुद्रा बनाकर कहा– "हवा कैसे हुहुआ रही थी ! हूऽऽऽ ! हूऽऽऽऽऽ ! बाबूजी हो !"

मैं धीरे-धीरे चल रहा था, डपटकर बोली– "बाबूजी ठीक कहते हैं, तुम महोख हो, महोख !"

कुछ ही दिन पहले उसने महोख दिखाया था–लगभग कौए के आकार का एक पंछी, भूरे पंखोंवाला, पंखों की तुलना में लंबी-चौड़ी पूँछवाला, जामुनी आभा लिए चमकदार काले रंग और ललछौहीं आँखोंवाला, जो नभचारी कम, थलचारी ज्यादा है । वह मुझे अच्छा लगा था, खासकर उसकी प्रकृति, जो गंभीर

और शांतिप्रिय थी । उससे तुलना किए जाने पर मैं प्रसन्न था ।

वसंत की शहजोर हवा बार-बार हमारे कमजोर पाँव उखाड़ दे रही थी । आगे बढ़ने के लिए काफी संघर्ष करना पड़ रहा था । पर आखिरकार हम आम के बाग में पहुँच ही गए ।

और सचमुच, वहाँ हर तरफ आम ही आम बिखरे थे—कच्चे-हरे आम—वसंती सुबह में रोशनी से नहाई धरती पर हरे-हरे सितारों की तरह ! उनकी तेज खट्टी गंध से समूचा इलाका गमगमा रहा था ।

हम आम चुनने लगे और चुन-चुनकर एक जगह इकट्ठा करने लगे । जब काफी आम जमा हो गए तो मेरे मन में सवाल उठा, वे जाएँगे कैसे ?

"जाएँगे कैसे नहीं ?" वह निश्चिंत थी— "अभी सरजुग बाबा लौटेंगे इधर से भैंस चराके ! वही ले चलेंगे !"

"कौन सरजुग बाबा ?"

"अरे वही, जो पिपही बजाते हैं !"

"अच्छा वो, जिनका एक पैर खराब है ?"

"हाँ, वही !"

तभी वातावरण की निबिड़ता को चीरती हर तरफ एक तेज, पतली, कानों में शहद घोलती आवाज गूँजी— "कुहूऽऽऽ !"

"कुहकनी !" फुल्ला के मुँह से हठात् निकला । अकचकाकर, अधीरता से आँखें उठाकर, ऊपर वह चारों ओर देखने लगी— "कुहकनी कुहकी है !"

"कुहकनी माने ?"

"कोयल, बुद्धू !"

"कोयल ऐसे बोलती है ?"

"बोलती नहीं बागड़ ! गाती है, ऐसे—कुहूऽऽऽ !"

"कुहूऽ !" मैंने भी उसकी आवाज की नकल करनी चाही ।

"ऐसे नहीं, ऐसे—कुहूऽऽऽ !" उसने अपनी कुहक में आरोह और लहर का समावेश कर बताया ।

"कुहूऽऽऽ !" मैंने फिर कोशिश की—इस बार अपनी कुहक में भी आरोह और लहर लाकर ।

"अब ठीक है !" उसने कहा । फिर दोनों बारी-बारी से कुहकने लगे—

"कुहूऽऽऽ !"

"कुहूऽऽऽ !"

और अचानक, कोयल की कुहक फिर गूँजी, पर इस बार एक तीव्र व्याकुलता से भरी, आरोही स्वरों में चढ़ती लगातार– "कुहू-कुहू-कुहू-कुहू-कुहू-कुहू..."

इस कुहक ने दिशाओं को अपार गूँज से भर दिया ।

कुछ देर में सरजुग बाबा आ गए–रूखे-सूखे साँवले चेहरे पर खुँटियाई-बेतरतीब दाढ़ी-मूँछोंवाले बूढ़े और लँगड़े सरजुग बाबा ! सिर पर मटमैली पगड़ी, कमर में वैसी ही धोती, नंगे पाँव-नंगे बदन, भैंस पर सवार !

"हो रह !" हमें देख भैंस को रोका उन्होंने, फुल्ला से पूछा– "हियाँ का कर रही है, बिटिया ? आम चुनने आई है ? ठहर, ले चलते हैं ! ई बचवा कौन है ?"

"मथुरा बाबा का नाती है । हमारे साथ पढ़ता है ।"

"अच्छा !" भैंस से उतरते हुए, आह्लाद और स्नेह के साथ वे मुझसे मुखातिब हुए– "का नाम है, बबुआ ?"

"मल्लू... मौलिचंद्र !"

"खूब पढ़ो, बाबू ! खूब बढ़ो ! जियो !" उन्होंने अपनी पगड़ी उतारी, उसे खोलकर सारे आम उसमें रख लिए, फिर उसे बाँधकर गठरी बनाकर हमसे बोले– "दुन्नों बइठ जाओ भँइस पे !"

उन्होंने हमें बारी-बारी से उठाकर भैंस की पीठ पर बैठा दिया–आगे फुल्ला को, पीछे मुझे । मुझसे बोले– "कभी बइठे हो भँइस पे ?"

"उहूँ !"

"तो सम्हर के बइठो बाबू ! फुल्ला को पकड़ लो !"

मैंने फुल्ला को पकड़ा तो उसे गुदगुदी होने लगी । वह खिलखिलाई तो उसका पूरा शरीर हिलने लगा । लेकिन जब उसे लगा कि उसके हिलने से मैं गिर सकता हूँ, तो मुश्किल से खुद को शांत करते हुए, मेरे हाथों को खींच, उन्हें जोर से पकड़कर वह बोली– "ठीक से पकड़ लो !"

सरजुग बाबा ने भैंस को चुचकारा तो वह चलने लगी । आमोंभरी गठरी अपने माथे पर उठाकर वे साथ चलने लगे । उनके दाएँ पैर का तलवा टेढ़ा था, बाईं तरफ को ऐंठा हुआ, जिससे वे उछल-उछलकर तो चलते ही थे, चलने में तकलीफ भी उन्हें काफी होती थी । अक्सर उनका वह पैर जख्मी ही रहता था । मगर मन के वे निराला थे–बिलकुल बमभोलादास... और फिलहाल गा रहे थे–

कहवाँ से डोली आवे
कहवाँ में बिलमेली हे
कवन बाबू डोली चढ़ी बइठेनी
कवन संगे बिहँसेनी हे

जनकपुर से डोली आवे
अवधपुर में बिलमेली हे
रामचंदर डोली चढ़ी बइठेनी
सिता संगे बिहँसेनी हे...

रास्ते में पूछा उन्होंने– "एतना आम लेके का करेगी, फुल्ला ?"

"खटमिट्ठी बनाएँगे, बाबा !"

"तनका हमरो देना !"

"तनका काहे, आपको बहूऽऽत देंगे !"

"बहूऽत काहे रे बतही ? बस तनका देना, सतुआनी खातिर ।"

चुपचाप मैं बाबा के गीत का रसानंद ले चुका था । अब दोनों की खटमिट्ठी बातें सुनकर, अंतराल पाकर बोला– "आप जो पिपही बजाते हैं, बाबा, बिज्जोड़ बजाते हैं !"

वे चकित हुलास से बोले– "अरे ! तुम कहाँ सुने ?"

"बिरजू नाना हियाँ, जुगनी मउसी के बियाह में... बिज्जोड़ !"

वे झूम उठे– "हम तोहरे बियाह में भी बजाएँगे, बबुआ ! अउर फुल्ला के बियाह में भी ! कहवाँ से डोली आवे..."

फुल्ला तुनककर बोली– "हम बियाहे नहीं करेंगे !"

"हत्तोरी ! ऊ काहे ?"

"हम बाबूजी के साथ रहेंगे ! कहीं नहीं जाएँगे !"

"जो बाबूजी ही कहें ?"

"तब्भी नहीं ! कब्भी नहीं !"

कुछ दूर आगे भेमल जादौ मिले । घास गढ़ रहे थे । खुरपी से घास की मिट्टी झाड़ते बोले– "ई भेस में कहाँ से, सरजुग भाई ?"

"आ रहे हैं फुल्ला के नहिरा से... बिदागरी कराके ।" बाबा नाटकीय सहजता से बोले– "तनि ई देखो, दुलहा भी साथे बइठा है घोड़ी पे... हम हैं

नउआ, सनेस लेके आए हैं !"

भेमल जादौ हो-हो कर हँसे । बाबा भी हँसी रोक नहीं पाए ।

मैं लजा गया । फुल्ला तो लाज से गठरी हो गई, पर मेरे हाथों पर उसकी पकड़ पहले की तरह कायम रही।

## छः

फुल्ला अगर ब्याह नहीं करेगी, तो अपनी माँ से मिलेगी कैसे ?

लगभग दो साल पहले, उसने पूछा था बाबूजी से– "बाबूजी ! सबकी आई है–चंदू की, रनिया की, झुमकी-रमेसर की–हमारी आई कहाँ है ?"

"तेरी आई चिज्जू लाने गई है रे !" बाबूजी ने समझाया था– "लड्डू, बरफी, खाजा, कसार, पिड़किया, लहँगा-चोली... सब लाएगी तेरे लिए !"

"कहाँ से, बाबूजी ?"

"भगवान-घर से !"

"कब ?"

"तेरी शादी में, फुल्ला ! जब तू दुलहन बनेगी !"

चार-साढ़े चार साल पहले दुर्भाग्य के एक औचक वज्राघात ने–एक प्राणघातक सर्पदंश ने–दुधमुँही फुल्ला के सिर से उसकी माँ का आँचल छीन लिया था । वह अपने पिता की इकलौती संतान थी–उनके जीवन की मरुभूमि में कलकल गाती-इठलाती एक पतली जलधार; संसार के अथाह सागर में डोलती उनकी एक नन्ही-सी नाव, एक अंतिम पतवार; उनकी आँखों की ज्योति एकमात्र, आस बस अकेली !

वे कठोर श्रम करते थे, जागने से सोने तक । सुबह बैलों को सानी-पानी देकर फुल्ला के साथ गाय-बकरी चराने जाते, लौटकर खाना पकाते, फुल्ला को खिलाकर स्कूल भेजते, खुद खाकर खेत में जाते और काम करते, शाम ढले लौटकर मवेशियों को खिलाते, फिर अपना खाना पकाते । जिस समय खाना पकाते, फुल्ला उनका हाथ बँटाती, भाग-भागकर काम करती । उनकी आँखों में लोर भर आते तो पूछती– "आप रो रहे हैं, बाबूजी ?"

"नहीं रे, चूल्हा धुआँ रहा है !" वे कहते और लोर पोंछ लेते ।

फुल्ला को उनकी बड़ी फिक्र रहती । उनके खेत से लौटने के पहले ही घर का बहुत काम कर देती । झाड़ू लगाती, बरतन-बासन करती, खाना पकाने

को खर-पतवार और लकड़ियाँ चुनने जाती ।

"खर क्यों चुन रही हो ?" मैंने पूछा एक बार ।

"खरखउकी के लिए !" उसका जवाब किसी पहेली से कम न था ।

"खरखउकी माने ?" मुझे पूछना ही था ।

"आग !" बताया उसने । फिर कहा– "अच्छा एक बुझउअल बूझो– भूख लगे खर खाए, पानी पिए मर जाए–माने क्या ?"

इसका जवाब मैं पहले से जानता था, सो बता दिया– "आग !"

"वाह ! बूझ गए लालबुझक्कड़ !"

"और बुझाओ !"

"बाद में... पहले खर चुनो !"

सोने से पहले बाबूजी के पाँव दबाना, उनके सिरहाने लोटाभर पानी रखना वह कभी न भूलती । मुझसे कहती– "बाबूजी कितना खटते हैं ! रातभर कराहते हैं !"

उसकी एक फुआ थीं–टुनकी फुआ । शादीशुदा । नाम के विपरीत हृदय से कठोर । वे जब भी आतीं, उसका जीवन दूभर हो जाता । उसके पंख पिंजरे में कैद हो जाते । वे बात-बेबात उसे डाँटती-फटकारती रहतीं, आँय-बाँय बकतीं और सुरनाथ सिंह को चितौनी देतीं– "लइकीनी जात को अइसे बहकाना ठीक नहीं भइया !"

सुरनाथ सिंह कहते– "अभी बच्ची है ।"

वे ऐंठकर कहतीं– "हाँ ! दूध पी रही है ! लमगोड़ी हो गई है और बच्ची है ! लइकी का तो कोई लच्छने नहीं इसमें ! कुदक्का मारती फिरती है सगरो जगत्तर में... !"

## सात

कुछ रोज बाद हम दोनों नदी देखने गए । नदी में एक अद्‌भुत-सी चमक थी– एक उच्छल उल्लास । पास ही तीर पर बँधी एक नाव जल में डोल रही थी, जिसकी ओर इशारा किया फुल्ला ने– "वो नइया जित्तन कक्का की है ।"

"अच्छा ! उनका नाम सुना है मैंने । रात में उस पार से अक्सर, नाव के लिए उन्हीं को पुकारते हैं लोग–हो जित्तऽऽऽन... जित्तन होऽऽऽ... !"

"वो यहीं रहते हैं, उधर !"

"किधर ?"

"आओ इधर !"

गंगा के इस पार, उससे थोड़ा हटकर, झाऊ की सघन काँटेदार झाड़ियों की लंबी-लंबी कतारें थीं । उन्हीं में से एक को पार कर हम आगे बढ़े, तो सामने एक मड़ैया दिखी । फुल्ला निर्द्वंद्व भाव से उसके अंदर चली गई । मैं पीछे था ।

"अरे फुलौरी ! इधर किधर ?"

जित्तन कक्का अधेड़ वय के थे—चारखाने की नीली-मटमैली लुंगी को घुटनों तक मोड़कर पहने, कंधे पर अँगोछा डाले । गेरुआ काला बदन—चमकता हुआ, कसा हुआ, कठोर ।

अपने लिए 'फुलौरी' संबोधन सुनकर फुल्ला रूठ गई, तुनककर बोली—"ई कौन चिढ़ौनी हुआ ? हमारा नाम फुल्ला है ।"

"अच्छा ठीक है फूलमती ! फूल मत ऐसे ! आ इधर बैठ !"

जिस वेग से फुल्ला रूठी थी, उसी वेग से मान भी गई— "हम नदी घूमने आए हैं, कक्का !"

"घूम आई ?"

"उहूँ ! अब्भी तो आए हैं ।"

अपने आगे फैला हुआ जाल वे समेटने लगे, ताकि हम वहाँ बैठ सकें । फुल्ला उनके पास जाकर बैठ भी गई, मैं खड़ा रहा ।

"तू भी बैठ !" वे मुझसे बोले— "मथुरा बाबा आएँगे ? गरमी-छुट्टी में ?"

मुझे अचरज हुआ, वे मुझे जानते थे !

"आएँगे शायद... ।" मैं भी उनके पास बैठ गया ।

मड़ैया में सारे सामान जरूरी के थे—एक हथौड़ा, एक आरी, एक कत्ता, एक जाल जो अभी-अभी समेटा गया था, एक पाल जो नाव में बाँधने को निकाला गया था क्योंकि सरदी बीत जाने के बाद हवाएँ अब तेज हो गई थीं, शीशा मढ़वाकर पूरब तरफ टाट में टाँगी गई एक तसवीर जिसमें केवट राम, लक्ष्मण और सीता के चरण पखार रहे थे, एक चटाई जो लपेटकर पीछे एक कोने में रखी हुई थी, उसी के पास एक ढिबरी, किरासन की एक बोतल, एक शीशी नमक की, एक पानीभरा मटका, एक पिचका पुराना लोटा, और एक भीगा हुआ झोला जो ऊपर एक तरफ बल्ली में लगे एक लोहे के हुक से लटका हुआ था । उसे उतारकर नीचे रखते बोले वे— "सिंघाड़ा छीलते हैं... ।"

"काहे ?" फुल्ला का प्रश्न ।

"गोटी खेलेंगे !" कक्का का उत्तर– "खाएँगे... और काहे ?" उन्होंने झोले में हाथ डालकर बहुत सारे सिंघाड़े निकाले–कच्चे, एकदम ताजे ।

"हो कक्का ! एतना कौन खाएगा ?" फुल्ला का फिर प्रश्न ।

"गाछ-बिरीछ खाएगा !" उसी अंदाज में कक्का का फिर उत्तर– "अरे हम लोग खाएँगे... और कौन खाएगा ?" उन्होंने अपने फेंटे से अंगुश्तभर का एक चाकू निकाला और उससे सिंघाड़ा छीलते हुए फुल्ला से कहा– "खाएगी नहीं तो रह जाएगी रुक्खी की रुक्खी !"

फुल्ला हँसी, फिर पूछा– "आज हाट नहीं जाइएगा ? सिंघाड़ा बेचने ? आज तो हाट है ।"

"हाट-बाट तो चलती रहेगी । आज नहीं, नरसों सही । पर तू दोनों फिर जाने कब आए !" सिंघाड़े छील-छीलकर अपने अँगोछे पर वे रखते जाते थे, जिसे कंधे से उतारकर पहले ही उन्होंने आगे बिछा लिया था– "खाओ भी, खाते भी जाओ !"

"आप भी खाइए पहले !"

"रुक ! पहले थोड़ा नून ले ले !"

मैं नमक की शीशी उठा लाया– "कहाँ रखना है ?"

"उसमें रख !" जाल के पास सितुआ पड़ा था, उसी को दिखाकर बोले– "पहले उसे धो ले !"

सिंघाड़े खाकर हम बाहर आ गए । कक्का भी साथ थे ।

"चल नदी घुमाते हैं !" उन्होंने हमारी मन-माफिक इच्छा प्रकट की ।

## आठ

बाहर धूप थी–चमकती वसंती धूप; और हवा–तेज वसंती हवा, जिसमें पेड़-पौधे, जंगल-झाड़ सब लहरा रहे थे, नदी हिलकोरे खा रही थी और उसमें कक्का की नाव ऐसे डोल रही थी, जैसे हमारी यात्रा का पूर्वानुमान कर उल्लास और रोमांच से थिरक रही हो !

उन्होंने बारी-बारी से हम दोनों को उठाकर नाव में रख दिया– "बैठ जाके गलहिया पे ! संच से, पट्टी से टकरइहो मत !" फिर नाव से बँधा हुआ रस्सा खोलकर खुद भी उसमें सवार हो गए, डाँड़ थामकर बोले– "जै हो गंगा

मइया !"

"हइया रे हइया, चल हमरी नइया !"

डाँड़ चला तो नाव चली ।

सूरज की रोशनी में गंगा की लहरें रोशनी की लहरें लग रही थीं, उसके पारदर्शी जल में तल की रेत रोशनी की रेत-सी चमक रही थी और उसकी धार में लहर लेती हुई नन्ही चिपुआ व चाँदी मछलियाँ रोशनी की मछलियों-सी झलमला रही थीं ।

"लो, आ गई लालपरी !" कक्का चहके ।

हमने देखा, नीचे जल में नाव के इर्द-गिर्द रोहू मछलियों के कई झुंड आ गए थे और मानो नृत्य कर रहे थे । हमारे पूछने पर कक्का ने बताया कि चूँकि रोहू मछली के पर लाल होते हैं, इस कारण उसका एक ग्राम-प्रचलित नाम 'लालपरी' भी है ।

"नदी हरदम बहती है, कक्का ?" फुल्ला की शंका ।

"हाँ, हरदम... बहती ही रहती है... !" कक्का का समाधान ।

"रुकती कभी नहीं ?"

"कभी नहीं !"

"थकती नहीं है ?"

"थकती है तब भी बहती है !"

"सोती नहीं है ?"

"सोती है तब भी बहती है !"

"अरे !" मेरा और फुल्ला का सम्मिलित विस्मय, फिर दोनों का सम्मिलित हर्ष– "वाह !"

नाव पूरब तरफ बढ़ रही थी, धार के साथ-साथ । कुछ दूर आगे बढ़ने पर, बाईं ओर रेती के पार अरहर-सरसों के खेत दिखे, हरे-हरे, वसंती हवा और धूप में लहर-बहर से भरे । उनके ऊपर पीले-पीले फूलों के सघन फैलाव ऐसे लग रहे थे, जैसे किसी हरे समुद्र में पीली-पीली लहरें उठ रही हों !

नदी नारे न जाओ साम पइयाँ पड़ूँ...

सहसा कक्का गा उठे । स्वर उनका सधा हुआ नहीं था, अनगढ़ था, काँपता हुआ, पर उसमें दिल को भिगो देनेवाली एक अद्‌भुत तरलता थी, एक सच्चाई, जो किसी सरल इंसान की भोली-भावुक आत्मा में होती है ।

नदी नारे जो जाओ तो जइबे करो
तो जइबे करो, तो जइबे करोऽऽ
बीच धारे न जाओ साम पइयाँ पड़ूँ...

वे गा रहे थे और डाँड़ चला रहे थे । हाँफने से उनके गाने में आरोह-अवरोह की ऊँची-नीची लहरें पैदा हो रही थीं । इससे उसका असर और मर्मभेदी हो रहा था ।

बीच धारे जो जाओ तो जइबे करो
तो जइबे करो, तो जइबे करोऽऽ
उस पारे न जाओ साम पइयाँ पड़ूँ...

उस पारे जो जाओ तो जइबे करो
तो जइबे करो, तो जइबे करोऽऽ
सौतनियाँ न लाओ साम पइयाँ पड़ूँ...

स्वर उनका मंद था, मंद ही रहा, पर हमारे दिलोदिमाग पर असर उसका भारी था-भारी और गहरा-कलेजे में हौले से धँसकर उसे मथनेवाले तीर की तरह, अकथ व्यथा से भर देनेवाला ।

सौतनियाँ जो लाओ तो लइबे करो
तो लइबे करो, तो लइबे करोऽऽ
हमसे न बताओ साम पइयाँ पड़ूँ...

तन्मय वे गा रहे थे । निगाहें सामने थीं, पर ध्यान कहीं और । नाव नदी की धार पर तैर रही थी, पर खुद किसी दुनिया में डूबे थे वे ।

"और गाओ न, कक्का !" हमारी संयुक्त याचना से उन्हें चेत हुआ ।

"रुक, तनि नइया घुमा लें !" उन्होंने सहज होते, डाँड़ को बाईं तरफ नदी-तल में रोपते, धार से हटाने को नाव का रुख दाईं तरफ मोड़ते, स्वीकृति दी ।

उनका शरीर पसीने से नहाया था और सूरज की रोशनी में ऐसे चमक रहा था, जैसे पसीने से नहीं, रोशनी से नहाया हो ।

"हइया रे हइया, घूम गई नइया !"

लौटती बेर डाँड़ चलाना कठिन था । उन्हें नाकों चने चबाने पड़ रहे थे । धार के विरुद्ध नाव मुश्किल से टसक रही थी । पर वे उसे खे रहे थे और उनके रक्ताभ हो चुके छलछलाए काले चेहरे पर शिकन की एक रेख तक नहीं थी ।

बलमजी...

वे फिर शुरू हुए । उसी तरह अनायास और सहज । धीरे-धीरे । जैसे खुद के लिए या खुदा के लिए गा रहे हों ।

बलमजी गए जमुनवाँ पार
भए बलमजी मथुरावासी छलियन के सरदार
जामिनि डसत खसत बज्जर उर बसत महा अँधियार
आस न कोई दिसि-दिसि खोई मैं दुखियारी नार
माँझी ले चल पार देउँगी मुँदरी नेउर हार...

उनकी आँखें आँसुओं से भरी थीं । उन्हें ढरकने से बचाने के लिए उन्होंने आँखें ऊपर उठाईं, तो वे सूरज की रोशनी में ऐसे जगमगा उठीं जैसे वे आँसुओंभरी नहीं, रोशनीभरी आँखें हों ।

इस कदर दिल से आखिर किसके लिए गाते थे वे ? खुद के लिए ? या खुदा के लिए ? उस वक्त मैं जान भी कैसे पाता ! मैं सिर्फ उनका मुँह ताकता रहा । फुल्ला को देखा तो देखा, मेरी आँखों का पानी उसकी आँखों में भी चमक रहा था !

यह तो बहुत बाद में पता चला कि उनका जीवन एकाकी था । जीवन की बीच धार में छोड़कर पत्नी चली गई थी, विधुर थे । निःसंतान और निःसंबल ! दूसरी शादी नहीं की । क्या वे पत्नी को बहुत चाहते थे ? उसी के लिए इतनी व्यथा से गाते थे, जैसे विलाप कर रहे हों ?

"उस पार क्या है, कक्का ?" मेरा सवाल गंगा-पार की अपार निर्जन रेती के बारे में था । मेरा स्वर संयत नहीं था ।

"ककड़ी... और खीरे के खेत... तरबुज्जे के भी... ।" उनकी आवाज में अब भी कंपन शेष था ।

मुझे विस्मय हुआ—मेरे जानते जिधर कुछ नहीं था, उधर भी बहुत कुछ था ! वीरान-सी वह दुनिया वीरान नहीं थी !

तभी हम सबको चुप हो जाना पड़ा । नदी के दाएँ किनारे पर, हमारे घाट से करीब चार फर्लांग पहले, कलौंस रंगवाली चंचल चिड़ियों का एक बड़ा दल काफी चटर-पटर कर रहा था, बेहद शोर फैला रहा था ।

"कलही हैं... कान अनसा देंगी !" कक्का के चेहरे पर कोमल हास की एक हलकी-सी आभा कौंधी । उन्होंने बताया कि वे गंगई मैनाएँ हैं; नदी किनारों की खड़ी दीवारों में करीब एक मीटर लंबी, अंगुलभर चौड़ी, ऊपर की ओर चढ़ती सुरंगों के रूप में अपने घोंसले बनाती हैं; हमेशा झुंड में रहती हैं; असहनीय शोर फैलाती हैं, इसलिए गाँव में 'कलही' कही जाती हैं ।

"हइया रे हइया, रुक हमरी नइया !"

जिस समय नाव किनारे लगी, साँझ होने को थी । उन्होंने नाव को किनारे के एक खूँटे से बाँध दिया । हमें राह में डर न लगे और किसी तरह की हानि न हो, यह सोचकर गाँव तक छोड़ने आए ।

गाँव के सिवान पर हरखनाथ मिसिर अपने बथान की मड़ैया की छानी से कद्दू उतार रहे थे । ये बड़े-बड़े कद्दू ! उन्होंने हमें देखा तो एक-एक कद्दू थमा दिया । कक्का को मिला कद्दू कुछ ज्यादा ही बड़ा था । उसे अपने कंधे पर गदातुल्य रखकर वे वीरमुद्रा में चलने लगे और 'कद्दू-महिमा' का बखान इन शब्दों में करते हुए गाँव में दाखिल हुए—

कदुआ न होय जदि

कदुआ न होय जदि
हे रे मँगरुआ
कइसे तू खइबे फिर
कदुआ के तरुआ

कदुआ न होय जदि
तोहर मतारी
कइसे खदकइतउ
कदुआ के तरकारी

कदुआ न होय जदि
रहतउ अधूरा

नइँ बनतउ नइँ बजतउ
तोहर तंबूरा

कदुआ न होय जदि...

"गरमी में अइहो, तरबुज्जा खिलाएँगे... हिच्छभर !" जाते हुए न्योता देते गए ।

## नौ

फुल्ला को फूल पसंद थे । तितलियाँ पसंद थीं । जब भी कोई तितली वह देखती, उसके प्राणों के पंख फड़क उठते, थिरक उठते, वह खुद तितली हो जाती ।

"तितलियाँ उड़नेवाले फूल हैं !" वह कहती ।

जाने ये बातें वह कैसे जानती थी, उसे कौन बताता था ?

वह तितली के पीछे भागती । कोई तितली पकड़ती तो मुझे भी दिखाती– "देखो, तितली !" तितली को ऐसे पकड़े रहती, जैसे उसने तितली पकड़ी न हो, बल्कि खुद ही आकर वह उसकी उँगलियों पर बैठ गई हो । तितली पकड़ने से उसकी उँगलियों पर रंगीन चमकीला पराग लग जाता । "देखो, पराग !" वह मुझे भी दिखाती । मैं देखता तो पराग मेरी उँगलियों पर भी लग जाता ।

वह तितली के पीछे भागती और मैं उसके पीछे भागता । भागते हुए अक्सर गिर जाता, चोट लग जाती, घुटने वगैरह छिल जाते । ऐसे वक्त मेरी चोट का दर्द उसकी आँखों में छलछला उठता । पर अगले ही पल भागकर वह जाती और कहीं आसपास से गेंदा की पत्तियाँ तोड़कर ले आती । उन्हें हथेलियों से पीसकर घावों पर लेप देती । पूछती– "अब दर्द हो रहा है ?"

"अब नहीं हो रहा !" मैं कहता ।

"झुट्ठे !" वह आँखें उठाकर मुझे देखती तो मैं देखता, उसकी बड़ी-बड़ी आँखों में लोर भरे होते ।

उसे भागना पसंद था । सुरनाथ सिंह ठीक ही उसे फुलसुँघनी कहते । हेलिकॉप्टर भी कहते । उसकी चोटी खींचकर कहते– "हेलिकॉप्टर की दुम !"

वसंत में ही एक दिन, जबकि खेतों में गेहूँ की पकती बालियाँ स्वर्णाभा से दीप्त होने लगी थीं, पकी मंजरियों से लदे आम ऐसे लग रहे थे जैसे प्रकृति ने उन पर मखमल का सुनहरा दुशाला डाल दिया हो, सरसों के कटे खुँटियाए खेत अपनी सार्थकता पर रोमांचित-से दिख रहे थे, हम दोनों स्कूल के टिफिन आवर में बेर तोड़ने गए ।

बेर पकने लगे थे । उनकी हरी देह पीताभ होने लगी थी और उनमें कहीं-कहीं सिंदूरी रंग भी झलक मारने लगा था । ऐसे में हमारे लिए उनसे दूर रहना असह्य था—असह्य और असंभव ! वे इतने मीठे थे, इतने मीठे थे कि बहुत मीठे थे ! चिड़ियों के टोंगे हुए तो और भी मीठे ! उन्हें कोई अगोरता भी नहीं था ।

समस्या उन्हें तोड़ने की थी ।

एक तो उनके पेड़ हमारी हद से ऊँचे थे, दूसरे यह कि उनकी कँटीली डालियों पर चढ़ना जोखिम-भरा काम था । इस प्रयास में मैं कई बार अपने कपड़े फड़वा चुका था और बदन बिंधवा चुका था ।

अतः इन मुश्किलों से निजात पाने के लिए, पिछले दिनों हमने अरहर के तने की एक लग्गी बना ली थी, जिसने बेर के रसास्वाद की राह में खड़ी विघ्न-बाधाओं को दूर कर हमारा काम आसान बना दिया था ।

"एक दिन हम बहुत बड़ी लग्गी बनाएँगे । इतनी बड़ी, इतनी बड़ी कि बहुत बड़ी ! उससे चाँद-तारे तोड़ेंगे !" हमारा सपना था ।

तो हुआ यह कि उस दिन बेर तोड़ते हुए हमें सेमल के फूल दिखे । दिखे तो वे पहले भी थे, पर उस दिन ऐसे दिखे जैसे पहली बार दिखे हों । इतने लाल, इतने लाल कि बहुत लाल !

"सेमल के लाल फूल !" फुल्ला बोली ।

"वाह रे कमाल फूल !" मैं बोला तो लगा कि अरे, मेरे बोलने में एक लय है जो फुल्ला की लय से मिलती है ।

तभी सामने से एक खरहा छलाँगता हुआ गया—कानों को प्रणाम की मुद्रा में जोड़े—इतना तेज, इतना तेज कि बहुत तेज !

"खरहे की खाल फूल !" फुल्ला ने चहककर बात आगे बढ़ाई ।

"फुल्ला के गाल फूल !" मैं भी उमगकर बोला तो वह इतना हँसी, इतना हँसी कि बहुत हँसी ।

हँसते-हँसते बोली— "देखो, जंगल की हँसी !"

इशारे से दिखाया—एक पीली चिड़िया हमारे ऊपर से लहरदार उड़ान भरती चली जा रही थी ।

## दस

मगर यह हँसी-खुशी स्थायी न थी । स्कूल पहुँचने पर सिबचरन मास्साब का रौद्र रूप सामने था ।

"किलास छोड़के ओल चोंथने गया था ?... हरामखोर !... चुरकी कबार लेंगे !" उन्होंने मेरी चूल पकड़कर हिलाई, जैसे किसी पौधे की जड़ उखाड़ रहे हों— "गत्तर-गत्तर फाड़ देंगे !..."

वे मेरी चमड़ी भी उधेड़ देते, बदन में हजार काँटे भी एक साथ चुभो देते, तो मुझे इतना कष्ट न होता जितना इस 'हरामखोर' शब्द से हुआ, जो मेरे कलेजे में जहर-बुझे नश्तर की तरह उतर गया । पर अगले पल जब उन्होंने फुल्ला को 'हरामजादी' कहकर उसके फूल-से गालों पर थप्पड़ मारे तो मेरा माथा गन-गन करने लगा, कनपट्टे दहकने लगे, मुट्ठियाँ कस गईं । और जब उन्होंने मुझ पर खजूर की छड़ी उठाई तो मैंने छड़ी पकड़ ली और इसके लिए मुझे लात-घूँसे भी खाने पड़े । फुल्ला तो डर से काठ हो गई, गूँगी हो गई, सिर्फ थर-थर काँपती रही और रोती रही, रोती रही । उसका दिल जैसे तकलीफ का समंदर हो गया, जिसका प्रवाह उसकी आँखों से उमड़ता रहा, उमड़ता रहा...

यह दिन मैं कभी नहीं भूला, जिसमें अपमान, ग्लानि और दु:ख के पाशविक पदाघातों ने मेरी आत्मा की कच्ची घास को रौंद दिया और जो आज तक जीवन के सबसे सुखद क्षणों में भी मेरे दिल में किसी ताजे नासूर की तरह टभकता रहता है !

यह एक दिन, जो मेरे सभी दिनों में शामिल है !

शाम को नानी मेरे हाल पर बहुत रोई । मेरी चोटों को सेंकती अपना आँचल भिंगाती रही । मामा ने दु:ख और क्षोभ से अधीर होकर कहा— "कैसा मास्टर है ! मास्टर है कि कसाई ?"

इस घटना के हफ्तेभर बाद किसी ने मास्साब की साइकिल की सीट काट दी और टायर में परकाल भोंक दिया । क्या वे कभी जान पाए कि ये काम मैंने किए थे और मैंने ही एक दिन सबसे छुपाकर स्कूल की दीवार पर गेरू से 'सुइया मास्टर' लिख दिया था ?

और सुरनाथ सिंह कभी जान पाए कि उनका टूटा हुआ बदन देखकर मेरा मन कितना टूटता था ? एक दिन जब उनका बैल खूँटा उखाड़कर भागा था और उसे पकड़ने की कोशिश में खूँटा पकड़े वे काँटों-कुशों-भरी जमीन पर दूर तक घिसटते चले गए थे, तो उनके साथ-साथ मेरा मन भी घिसटता गया था ? क्या वे कभी जान पाए कि अपने लिए एक चप्पल, एक लट्टू, एक गुड्डी, एक बाजा, एक नई किताब के लिए भी तरसते हुए मैं उनके और फुल्ला के लिए संसार के सभी ऐश्वर्यों की कामना करता था ?

और फुल्ला कभी जान पाई कि एक दिन मैंने ही उससे छुपाकर उसके झोले में कचनार के फूल रख दिए थे ? और वह जो बीच माँग फाड़कर दो चोटियाँ करती थी वह मुझे पसंद था ? उसकी बड़ी-बड़ी आँखें और उभरे हुए होंठ मेरे एकाकी मन को मथते थे और एकांत में अजीब-सी कचोट से भर देते थे ? क्या वह कभी जान पाई कि सुनहरे रोओं से दीप्त उसकी माखन-सी स्वस्थ पिंडलियाँ मेरी नींद में भी जगमगाती थीं ?

क्या हरदासपुर कभी जान पाया कि उसके पास से कौन-सी मथानी अपने कलेजे में छुपाए मैं अपने घर लौटा ?

## ग्यारह

गेहूँ कट चुका था । सेमल के फूल अचानक झड़कर भूमिसात् हो गए थे और उनकी दिशाहीन रुइयाँ जहाँ-तहाँ निराधार भटक रही थीं । दउनी-ओसउनी की महीन भूसी, नदी की रेत और खेतों में खूँटियों को जलाने का धुआँ—इन सबके बवंडरों ने मिलकर आबोहवा को धुँधला कर दिया था, जिसमें चीजें और दृश्य, लोग और आवाजें, इच्छाएँ और स्वप्न... सब जैसे गर्क-से दिख रहे थे ।

सब धूल-धूल ! सब धुआँ-धुआँ !

जाता वसंत क्या इतना वीरान कर जाता है ?

फुल्ला नहीं थी । फुआ के यहाँ 'अठजाम' देखने गई थी । उसके आने में सप्ताह भर शेष था ।

इसी समय माँ आई । दोपहर के वक्त, घर के सामने दालान के ओसारे में बैठा उड़ती धूल और उठते बवंडर देख रहा था । तभी भोला जादौ का बेटा मुकेसी दिखाई पड़ा, माथे पर माथे से पँचगुनी पिटारी उठाए । मुझसे चार-पाँच साल बड़ा था । मुझे देखकर खुश होकर बोला— "डिडिया आई है !"

वह तुतलाता था और मेरी माँ को 'डिडिया' कहता था ।

उसके पीछे माँ थी, सालभर की बच्ची को गोद लिए, आँचल में छिपाए ।

धूप से माँ का गोरा चेहरा रक्तिम हो गया था । शरीर पसीने से भीगा था । बाल धूल से ढँके ।

वह कितनी दुबली हो गई थी !

मुझे देखते ही वह रो पड़ी । मैं भी रोने लगा, पर जैसे मेरी पूरी शक्ति किसी ने निचोड़ ली हो, जड़ बना बैठा रहा, गरदन झुकाए रोता रहा ।

"बउआ है ।" बहन का चेहरा दिखाया उसने । तीखे नाक-नक्श, दूध-सा रंग, मक्खन-सी देह ।

"गोद लेगा ?" उसने पूछा ही था कि मुकेसी ने टोका- "पहिले ई पेटारी उटारो डिडिया ! माठा डुख रहा है !"

माँ ने बहन को मुझे दे दिया, उसके सिर से पिटारी उतारने लगी, तभी अंदर से मामा आ गए और पिटारी उतार दी । पीछे से नानी भी आई । पालागन हुई । गला-मिलाप हुआ । शिकवे-शिकायत भी हुए । रोना-धोना भी खूब हुआ ।

इस दौरान बहन मेरे ही पास रही । फुल्ला होती तो जाकर उसे दिखा आता- "देखो, बहन !"

"नाम क्या है इसका ?" अब तक जानता नहीं था । पर जब वह रोने लगी तो माँ बोली- "पुन्नी को ला इधर ! लगता है सोएगी !"

उसका नाम 'पूर्णिमा' था । इससे अच्छा नाम उसका हो भी नहीं सकता था । 'पुन्नी' उसे प्यार से कहते थे ।

मुकेसी अब तक हमारे ही पास था । नानी का दिया मट्ठा पी रहा था और माँ को बेफरमाइश-बेहिचक अपनी व्यथा-कथा सुना रहा था- "टुमसे का बटाएँ डिडिया ! भरठ के साठ नड्डी गए ठे । ले बलैया के, भरठा को हुआँ मैडान लग गेआ । टो ऊ लगा पेट पकड़के कुडकने । पटलून उटारके खेट टरफ भाग गेआ । का बटाएँ डिडिया ! हमको टो पटा ठा, नड्डी में पनडुब्बा रहटा है ! ईया बटाई ठी हमको । एटने में पानी में कुच्छो डोला टो हमरा डिमागे घूम गेआ ! का बटाएँ डिडिया ! जब टक भरठ नहीं आया टब टक हमरा डेह ठर-ठर कर रहा ठा... !"

माँ ने हँसी रोकते उसका गाल थपथपाया- "बड़ा भोला है रे !"

"डुट्टोरी के डिडिया ! ई टो हमरे बाबूजी का नाँव है– भोला जाडौ !" वह शरमा गया ।

मुकेसी का घर हाट के करीब था । ढाई-तीन महीने से मेरे घर से हरदासपुर आना-जाना कुछ आसान हुआ था, क्योंकि इस रास्ते पर 'ठकठकही' चलने लगी थी । ठकठकही टायरगाड़ी में पंपिंग सेट लगाकर बनाई गई गाड़ी थी जो अपने साथ शोर और धूल का वैभव लुटाती चलती थी । हरदासपुर में हाट के पास जहाँ वह रुकती थी, वहीं मुकेसी का घर था । माँ उसी से आई थी । माँ को देखते ही मुकेसी दौड़ा आया था, पिटारी उठाकर बोला था– "चल डिडिया, चहुँपा डेटे हैं !"

जाते समय पूछा उसने– "लौटोगी कब डिडिया ?"

"परसों ही !"

"इटनी जल्डी ?"

"क्या करें ? इतना सारा काम रहता है । अखिल नवमी में चला गया । उसकी पढ़ाई-लिखाई । ट्यूशन । अब तो मुन्नी भी स्कूल जाने लगी । वे तो रहते नहीं । महीने में कभी आए-आए, न भी आए । इतनी भाग-दौड़ हो जाती है । चूल्हा-चौका, बरतन-बासन, कभी इधर, कभी उधर, कभी ये, कभी वो, और ऊपर से स्कूल । माई-बाबूजी न हों, तो आफत हो जाए !" माँ ने गहरी साँस खींचकर कहा– "बस मल्लू के लिए आई हूँ । उसे ले जाने । सोचा सबसे भेंट भी हो जाएगी । ठकठकही कै बजे खुलती है ?"

"डो बजे... डुपहरिया में !" उसने कहा तो माँ ने उसे एक बजे आने को कह दिया ।

उसके साथ मामा भी हाट में कुछ सौदा करने निकल गए ।

माँ परसों चली जाएगी, यह जानकर नानी बहुत नाराज हुई । उसकी नाराजगी आँखों से बरसने लगी । उन बूढ़ी-वीरान आँखों में कुछ ही पल पहले जो एक जोत जली थी, वह अचानक बुझ गई । कल ही नाना का मनीआर्डर आया था । राई, सरसों, तीसी और मसूर बेचकर भी उसकी अंटी में कुछ पैसे आ गए थे । अभी तो दिन बहुरे थे । बेटी-नाती-नतनी सब कोई कुछ दिन साथ रहते...

कितनी खुशियाँ रहतीं !

"जब मड़ुआ में दाना भेल, धीआ-पुता रवाना भेल !"

नानी ने आँचल से लोर पोंछते कहा और शरबत के लिए नीबू तोड़ने घर

के पिछवारे चली गई ।

माँ पुन्नी को लिए पीढ़े पर बैठी थी । उससे कुछ दूर पर उलटे ओखल पर बैठा मैं कमीज का बटन चबा रहा था । उसने मुझे इशारे से बुलाया । पास जाकर उकड़ूँ बैठा तो भरी नजर से मेरा वह मुआयना करने लगी–सँवलाया रंग, रूखी-सूखी त्वचा, दुबलाया शरीर, उभरे बेडौल काले घुटने, धूल-सने नंगे पैर...

"तेरे पैर जलते होंगे... !" उसने काँपते हाथ से मेरा माथा सहलाया– "घर चलेंगे !"

मेरे अंदर एक हूक-सी उठी । कलेजा फाड़ देनेवाली हूक । मैंने आँखें जमीन में गड़ा दीं ।

तभी उसने मेरी बाँह पकड़ी और मुझे खींचकर खुद से लगा लिया ।

## बारह

मुकेसी की शारीरिक बनावट बेडौल थी । पैरों के अनुपात में धड़ की लंबाई अधिक । लगता था जैसे किसी युवा धड़ में बच्चे के पैर लगा दिए गए हों । होंठ उसके मोटे थे । निचला होंठ कुछ ज्यादा ही मोटा और आगे को निकला था । बोलने के क्रम में उसकी भौंहें ऊपर-नीचे होती रहती थीं । तुतलाने के क्रम में तवर्ग के बदले टवर्ग का उच्चारण करता था ।

ठीक एक बजे वह आ गया– "टैयार है डिडिया ?"

माँ अपने काम निपटाकर तैयार थी । मामा ठकठकही में हमारे लिए सीटें छेंकने पहले ही निकल गए थे । नानी ने माँ को खोंइछा देने के बाद मेरी जेब में भी एक रुपए का नोट रख दिया था– "मिठाई खइहऽ !"

मुकेसी ने पिटारी उठाई तो नानी और माँ रोने लगीं । रोते-रोते गला-मिलाप हुआ, रोते-रोते पालागन !

और रोते-रोते विदा !

"विदा !" जैसे मेरे कलेजे को किसी ने निचोड़ दिया हो ! जैसे मेरी देह का सारा खून पानी हो गया हो ! जैसे मैं नहीं, मेरे बदले कोई और जा रहा हो !

"विदा !" मेरी आँखों के जल में सारे दृश्य डूबने लगे...

चिलकती दोपहर । वीरान दिशाएँ । बेसहारा पगडंडियाँ ।

रेतीली हवा में सूखी पत्तियों की खड़खड़ाहट और टूटी आकृतियाँ ।

मुकेसी की छोटी डगमगाती टाँगें । लथपथ देह ।

मामा का लाल चेहरा ।

तुमने खरहा देखा है ?...

धूप ! धुआँ ! डीजल की गंध !

घासों में फूल ?...

हट्टो जी ! फरीक होके बइठो भइया ! मोटरी उधर ठेलो बाबा !... ऐसे तो तुम्हें ठंढ लगेगी !... भुल्ली कौन ? बकरी हमारी... मन लगाकर पढ़ना !...

परनाम डिडिया ! डशहरा में आएगी ?... डिवाली में ?

ले, मिठाई खाना !

मुकेसी की लथपथ पीठ । बेडौल पीठ । अविस्मरणीय पीठ ।

धूल ! शोर ! उलटी की गंध ! घुटन !

तितलियाँ... उड़नेवाले फूल...

मुझे भी ले चलोगी ?...

पसीना ! उबकाई ! दर्द ! दर्द ! आह... दर्द ! कोई मेरी छाती दबा दो !

छिपा दो... कहीं मुझे छिपा दो...

अलक्षित गुफा... चट्टानी अँधेरे में दबी एक चीख...

कौन जानता है !

## परिवेश

कुछ लोग जीवन में फिर कभी नहीं मिलते । कुछ राहें जीवन में फिर कभी नहीं लौटतीं । कुछ पतझड़ ऐसे होते हैं, जो जीवन की बारामासी में हमेशा मौजूद रहते हैं । फिर भी जीवन चलता है, चलता है, चलता है, मद्धी !

कोई कचोट, जो कलेजे का हिस्सा हो गई । कोई अपमान, जो तड़प बनकर खून में शामिल हो गया । कोई अभाव, जो कभी पूरा न हो सका । कोई बेबसी, कोई हिकारत, कोई गम, कोई गुस्सा, कोई ख्वाहिश, कोई खुशी, कोई पुकार... इन सबको समेटे जीवन चलता है और आगे बढ़ता है ।

हरदासपुर में लगभग मैं सालभर रहा । अब तक के मेरे जीवन के छत्तीस बरसों के बरअक्स वह एक बरस का अंतराल काफी छोटा था । पर उसका असर मेरी पूरी बनावट में बड़ा साबित हुआ ।

वह छोटा अंतराल, मद्धी ! तुम सोचो, कि एक छोटी-सी चाबी, जो जीवन के ताले से हर समय लटकती है ! एक छोटा-सा दिल, जो जीवन के अंतस् में हर समय धड़कता है ! एक छोटा नक्षत्र, जो जीवन के अंबर में हर समय चमकता है ! एक छोटी-सी कील, जो जीवन के पैरों में हर समय टभकती है ! एक छोटी-सी दुनिया, जो आज मेरी दुनिया की हर शै में शामिल है !

वह छोटी-सी दुनिया, मद्धी, जहाँ एक आदमी की भूख हर दिल को बेकल करती थी, जहाँ एक आदमी की खुशी हर चेहरे पर खेलती थी, जहाँ एक आदमी का दुख हर सीने में हहाता था, जहाँ एक आदमी की पुकार पर हर दरवाजा खुल जाता था, जहाँ एक आदमी का घर हर घर में नजर आता था, जहाँ धन नहीं था, जहाँ आदमीयत ही धन था और आदमीयत ही धर्म !

वह दुनिया आज नहीं होकर भी, सन् दो हजार एक की बाढ़ में गंगा के पेट में समाकर भी, मुझमें बाकी है और मेरे सपनों को रोशनी देती है ।

एक छोटे-से हथौड़े ने मुझे तोड़ा !

एक छोटी-सी हथेली ने मुझे रचा और तराशा, मद्धी !

## एक

वैशाली को कौन नहीं जानता !
गंगा और गंडक के संगम पर स्थित !
इक्ष्वाकुनरेश विशाल द्वारा स्थापित !
विशालापुरी !
राम, लक्ष्मण और विश्वामित्र के पदचिह्नों से मंडित !
लोक–शास्त्र–वंदित !
शैवों और वैष्णवों का संधिक्षेत्र–हरिहरक्षेत्र–न्यारा !
जहाँ श्रीहरि ने भक्त गज को ग्राह से उबारा !

प्राचीनतम लिच्छवि–गणराज्य !
गणतंत्र की आदिभूमि !
आम्रपाली की जीवन–महावीणा से निःसृत रूप, यौवन, संगीत, नृत्य, अभिनय, काव्य, कौशल, ऐश्वर्य और व्यथा के नौ रसों से सिक्त !
बुद्ध की कर्मस्थली !
महावीर की जन्मस्थली !
जेरुसलेम से भी पहले दो महान् धर्मों की मिलनस्थली !
इतिहास–पृष्ठ–अंकित !
मगध की कूटचालों से हारा !
जिसे युद्ध ने नहीं, प्रेम ने मारा !

उसी वैशाली का जिला मुख्यालय–हाजीपुर !
छोटा कस्बाई शहर !
इस पर एक कहावत है–
उत्तर कारा,
दक्खिन में घनघोर दियारा
गंगा–धारा,
पूरब दिस में कदली–वन का सघन पसारा,
पच्छिम दिसा मसान घाट
गंडकी–किनारा ।

सन् 1345 ई. में, जब दिल्ली का सुल्तान था तुगलक मोहम्मद शाह, बंगाल के शासक शमसुद्दीन इलियास शाह हाजी ने इसे बसाया । सो नाम हुआ हाजीपुर ।

प्राचीन नाम हरिपुर !

मध्यकालीन तिब्बती ग्रंथों में हस्तिपुर !

अफगानों और मुगलों की आपसी सियासी दावँ-पेचों और रंजिशों का केंद्र !

रामचौरा, तुलसीबाड़ी, महाप्रभु वल्लभाचार्य की बैठक, उदासीन आश्रम, नेपाली छावनी-जैसे स्थल और मेदनीमल, कटरा, सोनारटोली, कथरीटोली, चौधरी बाजार, मधुबन, पठानटोला, नूनगोला, अंदरकिला, नखास, सइदवारा, मुफ्तीपुर, चिश्ती मुहल्ला, मीनापुर, दौलतपुर, अनवरपुर, यूसुफपुर, लोदीपुर, अदलबाड़ी, इब्राहिमगंज, खाताजंगी, चौहट्टा, बावली, पोखरा ताजखाँ बाजखाँ-जैसे मुहल्ले आज भी इसके अतीत के फटे-चिटे, धूसर पन्नों की तरह यहाँ हर ओर बिखरे हैं !

मुसलमानों की प्यारी जमीन !

सूफियों की खानकाह !

मस्जिदों का घर !

मजारों और कब्रों का शहर !

इसलामी मोहनजोदड़ो—मुसलमान मुर्दों का टीला !

इसी हाजीपुर का एक मुहल्ला—जढ़ुआ !

जले हुए बदन की धुआँती तसवीर !

जौनपुर के राजा हुसैन शाह ने गद्दी पर बैठने और बहलोल लोदी से संधि के बाद अपनी शक्ति-प्रदर्शन-यात्रा के दौरान तिरहुत और उड़ीसा पर चढ़ाई करने के रास्ते में जलाकर जिसे बर्बाद कर दिया !

तो जले इलाके का बदकिस्मत नाम हुआ जरुआ !

और बिगड़ा तो जढ़ुआ !

छोटे-मोटे लोगों और घरों, छोटी-मोटी इच्छाओं, कथाओं और बहसों और सपनों की छोटी-सी दुनिया !

कुर्मी, कोइरी, अहीर, दुसाध, बाभन, हजाम, माली, धोबी, पासी, बढ़ई, कुम्हार, सुनार, लुहार, तेली, खत्री, कलवार, डोम, चमार, मुसहर, धाँगड़,

नोनिया, कुँजरा, कबाड़ी–जैसी हिंदू जातियों और चुड़िहार, चिक, कसाई–सहित मुसलमानों की चार जातियों–शेख, सैयद, मुगल और पठान–का वासस्थान !

आधा हिंदू !

आधा मुसलमान !

## दो

जढ़ुआ–मेरा मुहल्ला !

जहाँ कुछ लोग दरवाजों–चबूतरों पर बैठे, सुबह से शाम तक अडिग, ताश के पत्ते फेंकते जुआ खेलते थे और उनसे ज्यादा लोग उन्हें घेरे खड़े तमाशा देखते, मजेदार ढंग से फिकरे जड़ते, सलाहें देते, खेल का मजा लेते थे । बीच–बीच में उनमें से कुछ की औरतें आतीं, अपने बेफिक्रे मर्दों को उनके फर्जों की याद दिलातीं, धमकातीं, चीखतीं–चिल्लातीं, गालियाँ बकतीं और अंततः रोती–गाती चली जाती थीं । इससे भी उनका मनोरंजन होता था । बच्चे सरकारी विद्यालयों से दूर बीड़ियों के सुट्टे मारते कंचे खेलते थे; सीटियाँ बजाते लट्टू नचाते थे; कुत्ते–बिल्लियों को ढेले मारते परेशान करते थे; गधों की मुफ्त सवारी करते और उन पर गाँवभर के मनों कपड़ों का लदाव लादनेवाले धोबियों के लौठों से दुत्कारे जाते थे; बोतुओं को खदेड़ते और साँड़ों को हड़काते–भड़काते थे; मौसमी फलों की फिराक में बागों और बीहड़ों में जड़ों से फुनगियों तक मौजूद रहते, उनके रखवारों के अपशब्दों से विभूषित होते थे; खट्टी–मीठी फलियों की तलाश में झाड़ों–झंखाड़ों में भटकते, आपस में लड़ते और एक–दूसरे की माँ–बहन करते थे । लोगों को चिढ़ाना उनका मुख्य शगल था । अक्सर वे अपने लोगों के लिए ताड़ी या दारू की बोतलें लाते–ले जाते दिखते थे और जरूरी तौर पर उनकी रोज–रोज की लड़ाइयों, गाली–गलौजों और उठा–पटकों में भी सक्रिय रूप से हिस्सा लेते थे । लड़ाइयाँ वहाँ के जीवन में रोजमर्रा की चीजों की तरह शामिल थीं और तमाशाइयों के लिए मनोरंजन का सबसे सस्ता, आसान और बिलानागा जरिया ।

लड़कियाँ भी इसी जिंदगी में ढल चुकी थीं । उनकी पढ़ाई–लिखाई प्रायः साढ़े बाईस थी । अपने घरों के काम–धाम निपटाकर वे पास–पड़ोस के घरों की बिल्लियाँ बनी फिरती थीं । विद्यालय से उनका छत्तीस का रिश्ता था । मुहल्ले के कन्या मध्य विद्यालय में कुछ परिवारों के लड़के पढ़ा करते थे ।

इसी में सब कुछ था–देश–वेश, धर्म–कर्म, जादू–टोना, झाड़–फूँक, गीत–नाद, जात–पाँत... प्रेम, गर्भ और धोखा !

## तीन

मुहल्ले के बीचोबीच मेरा घर था, जो पूरब रुख का था । घर के आगे से सड़क गुजरती थी । घर के दक्षिण–पूर्व में, करीब पचास कदम पर एक मस्जिद थी और उसी से सटा मदरसा । इसके विपरीत, घर के उत्तर–पश्चिम में, लगभग उतनी ही दूरी पर कन्या मध्य विद्यालय था, जिसमें हरदासपुर से लौटकर मैं छठी कक्षा में दाखिल हुआ ।

विद्यालय में पढ़ाई का हाल रामभरोसे था । समझाए मौलवी, समझे खुदा । कुछ समझ नहीं आता था । हाँ, मुहल्ले के महाभारत का महारस और महाज्ञान मैं जरूर प्राप्त करने लगा था ।

महेसर झा मेरी पट्टीदारी के थे । तब उनकी उम्र होगी चालीस के करीब । बाबा लगते थे । सबसे पहले उन्हीं का प्रसंग ।

बंदउँ प्रथम 'महेसर' चरना...

वे वैशाली के नामी जेबकतरों में से थे । पुलिस–महकमे के साथ ही स्टेशन, बैंक या पोस्टऑफिस–जैसी जगहों में उनकी अच्छी–खासी पहचान थी । थाना, पुलिस, जेल और पिटाई–जैसी चीजों से ऊपर उठ चुके थे । उनका एक पाँव हमेशा कर्मक्षेत्र में रहता और दूसरा जेल में ।

"बंदा रेल में... या जेल में !" उनका तकियाकलाम था ।

जेल को अपने जीवन से वे अभिन्न मानते थे । उसे 'ससुराल', 'आराम घर', 'लाल कोठी' या 'एक करोड़ का आलीशान बँगला'–जैसे नामों से अभिहित करते थे । उनकी देह का कोई ऐसा अंग–प्रत्यंग नहीं था, कोई ऐसी हड्डी नहीं थी, जहाँ पिटाई के दाग–दर्द मौजूद न हों ।

"मर्द को दर्द नहीं होता !"

हाल ही में अमिताभ की 'मर्द' फिल्म रिलीज हुई थी, जिसका यह हिट संवाद उनकी जुबान का खास जुमला बन गया था, जिसका प्रयोग वे हर पिटाई के उपरांत मुहल्ले के सवालिया निगाहों के आगे ढाल की तरह करने लगे थे ।

वे ठिगने और साँवले थे ।

"हो छोहारा !" गाँव की औरतें उन्हें मजाक से पुकारती थीं, जो रिश्ते में

भाभी लगती थीं ।

जब वे घर पर होते, घर की छोटी-छोटी बातों को लेकर अपने छोटे भाई गोपी झा से खूब झगड़ते । कभी दुत्कारते, कभी ललकारते और 'मतरिया-बहिनियाँ' के बगैर एक वाक्य नहीं कहते । उनकी एक खास लत थी, जो अलबत थी ! झगड़े के वक्त जब वे अतिशय आवेशित हो जाते तो लुंगी को नीचे से उठाकर छाती पर बाँध लेते, ताकि भाई संग मल्लयुद्ध की नौबत आने पर वह उनके पाँवों से उलझकर उनकी विजय में बाधक न बने । उनका ताव देखकर हर क्षण यही लगता कि बस अभी पटका-पटकी शुरू हुई । उसके इंतजार में बच्चे साकांक्ष भाव से आसपास खड़े होते, बीच-बीच में मजा लेकर ठिठियाते और तमाशे के चरमोत्कर्ष के लिए व्यग्र रहते । औरतें खिड़कियों-दरवाजों पर खड़ी समुत्सुक-सोल्लास पूरे कार्यक्रम पर निगाहें जमाए रहतीं । मर्द दोनों पक्षों को बुझाते कम, बझाते ज्यादा । तब गाँव में टीवी नहीं आया था । मदारी का खेल, कठपुतली का नाच, नाटक-नौटंकी, रामलीला और बाईस्कोप-जैसे कभी-कभार के मनोरंजन वाले मुहल्ले में इस तरह के लफड़े-झगड़े मनोरंजन के सदाबहार साधन थे ।

इसमें एक बार कमाल हुआ !

हुआ यह कि झगड़े के चरम आवेश में जब महेसर झा ने अपनी लुंगी उठाकर छाती पर बाँधी, तो लोगों ने देखा कि उस दिन उन्होंने लँगोट पहना ही नहीं था ! इस तरह जो गुप्तांग था, प्रकटांग हो गया ! क्रोध बुद्धि को खा जाता है, स्मृति को निगल जाता है । उस दिन क्रोधाग्नि ने उनकी बुद्धि और स्मृति को भी जलाकर भस्म कर दिया होगा, नहीं तो वह ऐतिहासिक और अविस्मरणीय दृश्य कभी उपस्थित नहीं होता ! बच्चे हँसते-हँसते लोटपोट हो रहे थे । बड़े-बूढ़े उन्हें डाँटते हुए खुद हँस पड़ते थे । औरतों का हाल भी अजीब था— 'कहते न बनै सहते न बनै... !'

"आव न देखा ताव, कूद पड़े दरियाव !..."

जिसने भी सुना, हँसते-हँसते बेदम हो गया ।

यह असंभव था कि महेसर झा घर पर हों और झगड़ा न हो । उनकी आदत थी, बात-बेबात छोटे भाई को कोसते रहते और जैसे ही उधर से प्रतिकार का कोई स्वर उठता कि उठ खड़े होते और सातों पुश्त उगटने लगते । फिर तो युद्धारंभ ! बिगुल बज उठता ! शंख घनघना उठते !

मगर एक बार इस युद्ध में कुछ ऐसा घटित हुआ कि महेसर झा की

युद्धशैली सदा के लिए बदल गई । हर बार की तरह इस बार भी लड़ाई घर से निकलकर बाहर आ गई थी । सड़क पर संग्राम चल रहा था । दोनों की लुंगियाँ खुलकर सड़क पर पड़ी थीं । शुक्र था, दोनों लँगोट में थे ! धूल और पसीने से लथपथ । गोपी झा को पटककर वे उनके सिर के बाल नोच रहे थे, गला दबा रहे थे । गोपी झा के लिए उनकी बज्जर-सी देह और चील-सी फुरती से पार पाना हर बार असंभव होता था । इस बार तो और भी बुरा हाल था । जान आँखों में आ गई थी । अपना ही बड़ा भाई जान का गाहक बना था । उनकी पत्नी से देखा न गया । पति की रक्षा में किसी फुँफकारती नागिन-सी हनहनाती वह आई और उपस्थित दर्शक-समुदाय की तमाम प्रत्याशाओं के प्रतिकूल और महेसर झा के नीति-विचार के विपरीत उनका अंडकोष पकड़कर लटक गई ।

"आऽऽऽऽऽ... !" सातवें नहीं, सात सौवें सुर में वे किकियाए । किसी पर-कटे पक्षी-सी तीखी, मर्मभेदी और निस्सहाय थी उनकी चीख । प्राणरक्षा के लिए इस तरह आर्त होकर, इस गजेंद्रमोक्षधाम में, गज ने भी नहीं पुकारा होगा प्रभु को !

गज की रक्षा तो प्रभु ने की; द्रौपदी की लाज भी प्रभु ने बचाई; प्रह्लाद से अजामिल तक, पत्थर से पेड़ तक का उद्धार प्रभु ने किया; पर महेसर झा का उद्धार कौन करे, कैसे हो ?

उनकी हालत विकट थी । प्राण अब-तब हो रहे थे । पर नीति-विचार और लोक-लिहाज के चलते अपने छोटे भाई की पत्नी को हाथ लगा नहीं रहे थे । मुहल्ले के लोग क्या कहेंगे कि महेसर झा ने भाभो को छू दिया ! नहीं-नहीं, वे ऐसा नहीं करेंगे !

"बाबू होऽऽऽऽऽ... !" मरणांतक वेदना से वे चीखे, जैसे अंतिम चीख हो !

पर वह चीख अनसुनी रही । 'डरेमा' के चरम दृश्य में दर्शक खोए हुए थे । कोई द्रवित नहीं हुआ । रक्षार्थ कोई नहीं आया ।

जब कोई नहीं आया, तो आया वही भाई, जिसके खून के प्यासे वे अभी हो रहे थे, जिसे अभी-अभी उन्होंने बेरहमी से, मुँह से खून बहाकर मारा था !

गोपी झा को अपना खून और आँसू पोंछने का वक्त भी नहीं मिला । वे पत्नी के हाथ पकड़कर छुड़ाने लगे– "छोड़ ! जान चल जाएगा, समान[1] छोड़ !

---

*1. सामान–यौनांग हेतु एक लोकप्रचलित शब्द*

छोड़, न त जेल जाना पड़ेगा..."

उनकी आवाज में डर, शर्म, घबड़ाहट, गुस्सा, हुक्म—सब कुछ था।

किसी प्रकार महेसर झा को मुक्ति मिली। दर्द ने उनका सारा युयुत्सा-नशा उतार दिया था। पूरा शरीर पसीने से लथपथ था, जैसे नदी में डुबकी लगाकर निकले हों। किसी सद्यःप्रसूता की भाँति श्लथ कदमों से डगमगाते अपने ओटे पर आकर वे बैठे—पीड़ाविह्वल, विचारमग्न, निस्तब्ध!

आज का खेला खतम। सभा विसर्जित।

इस घटना के बाद उनका युद्धप्रेम कम तो नहीं हुआ, पर इतना जरूर हुआ कि अब जब भी वे किसी के विरुद्ध युद्धक्षेत्र में होते, तो इस बारे में सतर्क रहते कि फिर कहीं से उनके 'कोष' पर धावा न हो।

मगर जब दुर्गापूजा आती, महेसर झा का जैसे कायाकल्प हो जाता। उनका सब कुछ इतना बदल जाता, जैसे कौआ हंस हो गया हो। जेब काटने के औजार छोड़कर वे दुर्गासप्तशती उठा लेते और यजमानों के यहाँ घूम-घूमकर उसका पाठ करते। नियम-संयम से रहते और खाते-पीते। लाल धोती पहने, कंधे पर लाल अँगोछा डाले, काँख में दुर्गासप्तशती दबाए, पैरों में खड़ाऊँ पहने यजमानों के यहाँ वे इस तरह आते-जाते, जैसे भक्ति और पवित्रता की साकार प्रतिमा हों। साल के साढ़े ग्यारह महीने पाँच दिन जो लोग उन्हें देखकर अपनी जेबें टटोलने लगते, वही इस दौरान उन्हें देखते ही 'पड़ाम बाबा' कहते और प्रत्युत्तर में 'आनन रहू' सुनकर आनंदित हो जाते।

और एक साल तो उन्होंने चमत्कार ही कर दिया, अपने सीने पर कलश-स्थापन कराकर। मेरे घर से सटे काली मंदिर में, काली माता के ठीक चरणों में, पूरे नौ दिन वे किसी सिद्ध तपस्वी की तरह अटल-अविचल-अनाहार चित लेटे रहे। उनके सीने पर जौ बढ़ता रहा, कलश अडोल रहा, मंगलदीप अखंड बलता रहा।

"जै बाबा की!" जो भी आता, उनके चरण छूता।

लोग उन्हें ऐसे देखते, जैसे वृत्रासुर के मारे-हारे-बेचारे लोग महान दधीचि को देख रहे हों।

इन दिनों शरारत के साथ मैं सोचता रहा कि अभी उनकी जेब काटने की कला कहाँ होगी। जहाँ भी होगी, उन्हें बहुत याद करती होगी, उनके बगैर बहुत तड़पती होगी। उनके औजार टूअर-टापर-से पड़े कहीं बिसूरते होंगे। मेरे मन में रह-रहकर एक शैतान इच्छा जागती रही कि उनके पास जाऊँ और अचानक

'पुलिस ! पुलिस !' चिल्लाने लगूँ, जिसे सुनकर वे सीने पर स्थापित सारा पाखंड और सारी फेंकैती फेंक-फाँककर, सारी चीजें उलट-पुलटकर भागें तो कितना मजा आए !

काश ! मैं ऐसा कर पाता ।

कलुष के आधार पर धर्म का कलश—मुहल्ले में देखा था ।

आज दिखता है हर कहीं !

## चार

दुर्गापूजा में रामलीला भी होती । बाहर से कंपनी आती । उसमें पचास-साठ लोग रहते । इन दिनों बच्चों की बड़ी मौज रहती । खूब चकल्लस काटते । रात में लीला देखते, दिन में कंपनी के कलाकारों के आस-पास मँडराते, प्राय: उन्हें घेरे रहते । बस उनसे जरा बचते जो खलपात्र बनते । स्त्रीपात्रों की भूमिका निभानेवाले पुरुषों को वे व्यंग्य या विस्मय से देखते । कलाकारों के हाव-भाव उन्हें खूब भाते । कंधों पर झूलते सफेद घुँघराले बालोंवाले कंपनी के बूढ़े व्यास बोलते समय अपना सिर बार-बार झटकते । इससे उनके बाल दाएँ-बाएँ लहराते । हनुमान की भूमिका करनेवाला आदमी बड़ा मजाकिया था । बच्चों को देखकर वह भौंहें चमकाता, आँखें मटकाता, रात का संवाद दिन में भी सुनाता— "मैं दूर जंगल आया । कोई रिसी-मुनी नहिं पाया ।..." कभी-कभी मौज में आकर, गदा लेकर उन्हें खदेड़ता और नारा लगाता— "जै सिरी राम !"

"जै बजरंगबली !" बच्चे भी उसी अंदाज में कहते हुए खिलखिलाते भागते, कुछ दूर जाकर लौट आते ।

कंपनी के लोग कुछ कमाकर तो नहीं ले जाते, बस किसी तरह अपने पेट पाल लेते । उनका सारा अभिनय और कला-कौशल, सारा तामझाम और घुमंतूपन, सारा हेलमेल और बेचारापन बस पेट पालने के लिए था । वे आज कहीं खा लेते तो कल की चिंता रहती । उन अनजान लोगों के लिए मेरे दिल में एक दर्द बसा रहता । लीला देखने की उत्सुकता और उमंग पर दुख की एक काली छाया हावी रहती । मैं चाहता कि हमारे मुहल्ले में उनका खूब आदर-सत्कार हो, लीला की आरती में उन्हें खूब पैसा पड़े, उनकी माला रोज उठे, वे खूब खाएँ-पिएँ और सुख से रहें । पर मेरी चाहत सदा चाहत ही रही, कभी पूरी न हो सकी । मैं देखता कि लीला के दौरान जब भी व्यास मंच पर आते और कल की

माला उठाने का आग्रह करते, उससे पहले ही लोग उठकर खिसकने लगते । जो लोग हथेलियों में फूल-कसेली लेकर लीला देखने बैठते, वे भी उस वक्त कहीं नजर नहीं आते । व्यास का आग्रह धीरे-धीरे गिड़गिड़ाहट में बदल जाता । पहले तो वे कहते कि कल की माला कोई 'भक्त-सज्जन' उठा लें, पर दर्शकों की भीड़ में से ऐसा कोई आदमी जब नहीं उठता तो उनका आग्रह होता कि दो-चार लोग मिलकर ही माला उठा लें । फिर भी किसी का दिल नहीं पसीजता, किसी को दया नहीं आती । कभी-कभी तो ऐसी नौबत आती कि उन्हें एक-एक कलाकार के भोजन का भार एक-एक आदमी द्वारा उठा लिए जाने की भी हजार मिन्नतें करनी पड़तीं । फिर भी जब कोई नहीं उठता तो मैं नहीं जानता कि व्यास और कलाकार क्या सोचते, पर मेरी आत्मा चीत्कार कर उठती । तकलीफ, शर्म और स्वयं कुछ न कर पाने की लाचारी मुझे घेर लेती, जड़ बना देती । हजारों लोगों की आवाजाही और हलचलों के बीच लीला-मैदान की धूल पर अपना सिर झुकाए देर तक बैठे रहना मुझे आज तक याद है ।

कंपनी के वे लोग आज कहाँ हैं, हैं भी या नहीं मैं नहीं जानता, पर मेरे दिल में एक कसक, एक टीस बनकर वे आज भी मौजूद हैं । आज भी उनकी गरीब आकृतियाँ मेरी यादों के मंच पर आती हैं, अपने हुनर दिखलाती हैं और दो जून रोटी के लिए भिखमंगों-सी गिड़गिड़ाती हैं ।

आज भी उनके लिए... मेरा सिर झुका है !

मेरे देखते-देखते मुहल्ले से रामलीला उठ गई । बेआवाज, जैसे कुछ हुआ न हो ! एक पत्ता नहीं खड़का, एक तिनका नहीं काँपा ! किसको खला उसका चला जाना ! किसने चाहा उसका फिर आना !

हा राम !...

हा राम ! गए तुम बन में
मैं रहा किंतु जीवन में
जो तुमको पा न सकूँगा
निज मुख दिखला न सकूँगा
बस राम-राम रट लागी
क्यों अटकी जान अभागी...
हा राम ! राम ! हा राम !...

याद आता है दशरथ-विलाप... दशरथ-मरण... मरण का निस्तब्ध सन्नाटा...

सन्नाटे को चीरती, नेपथ्य से उठती, व्यास की काँपती-बिखरती आवाज...

राम राम कहि राम कहि राम राम कहि राम
तनु परिहरि रघुबर बिरहँ राउ गयउ सुरधाम...

कलेजे को हींड़ता... सारंगी का बिलखता और छीजता करुण स्वर...

पटाक्षेप !

## पाँच

रामलीला सप्तमी तक होती थी । अष्टमी को देवी का पट खुलता था । पूजा-आरती होती और प्रसाद बँटता था । नवमी-दसमी को मुहल्ले के युवक नाटक खेलते थे । नाटक में एक से एक 'नौटंकी' होती थी ।

आम्रपाली नाट्य कला मंच !

मुहल्ले की नाटक-मंडली का नाम कहीं से कमजोर नहीं था । डायरेक्टर थे कंता साव । असल नाम कामता प्रसाद साह । सरकारी राशन की दुकान चलाते थे । अधेड़ वय के, गोल-मटोल, प्यारी-सी तोंदवाले । मुहल्ले के निठल्ले, 'सर्वगुणसंपन्न' युवक अभिनय-कला में कितने कुशल होंगे यह कहने की बात नहीं । उनका नाटक से वही संबंध था जो गधों का गुलदस्ते से हो सकता है । पर जोश उनमें खूब था । माहभर पहले ही दो नाटक चुन लिए जाते । भूमिकाएँ बाँट दी जातीं । रोज दिनभर चंदा-उगाही होती और रात में आठ बजे के लगभग काली मंदिर के बरामदे में रिहर्सल शुरू होता । इसके पहले थोड़ा रमन-चमन और गाना-बजाना भी किया जाता । जो लोग नाटक में भाग नहीं लेते, वे भी खैनी ठोंकते, फिकरे कसते, डायरेक्टर तक को संवाद और अभिनय के गुर सिखाते, हर बात में मजा लेते, मजमा लगाए रहते । उनके बोलने से ताड़ी या ठर्रे की भभकें उठतीं ।

एक बार 'भक्त ध्रुव' नाटक चुना गया । भूमिकाएँ बाँटने के लिए बैठक बुलाई गई । पात्र-परिचय के शुरू में ही ध्रुव के पिता का नाम आया—उत्तानपाद । सुनते ही लोग हँसने लगे, हँस-हँसकर लोटपोट होने लगे—

"हत्तोरी भला के ! ई कइसा नाम हुआ—उत्तानपाद !"

"नामो नहीं जुड़ता था मनु महराज को ?"

"ई रौल हमसे नहीं होगा !"

"महल्लाभर हँसेगा ! उत्तानपाद ! चित्तानपाद !..."

कंता साव समझाते रह गए, पर हाहाहीही के माहौल में किसी को समझाना आसान नहीं । हारकर वह नाटक छोड़ना पड़ा । इसी तरह एक बार 'उर्वशी' नाटक के रिहर्सल में नारद के प्रति इंद्र का एक संवाद आया– "देवर्षि के पाद-पंकजों में इंद्र का प्रणाम निवेदित है ।" सुनना था कि लोग 'पाद-पंकजों' को पकड़कर लटक गए और देर तक इस रूपक का विश्लेषण करते लहालोट होते रहे । जब तक 'पाद-पंकजों' को 'चरण-कमलों' में बदल नहीं दिया गया, रिहर्सल आगे न बढ़ सका ।

यह तो हुई रिहर्सल की बात । स्टेज पर भी कम ड्रामा नहीं होता था । हर बार कोई न कोई कांड जरूर हो जाता । अनेकानेक कांडों में से एक कांड जो सबसे पहले यहाँ याद आता है, उसके केंद्र में चुल्हाई था । दुबला-पतला, मरियल-सा डरपोक लड़का । बात-व्यवहार में कुछ असामान्य-सा । पिछले कई बरसों से उसकी एक रोल पाने की इच्छा थी, जिसकी पूर्ति के लिए रिहर्सल के दौरान वह कलाकारों की बड़ी सेवा करता था । असाधारण फुरती और मुस्तैदी के साथ उनका हर हुक्म बजाता । लालटेन जलाता, दरी-सफेदा झाड़ता-बिछाता, साजो-सामान लाता-सजाता, बीच-बीच में कलाकारों को पानी पिलाता और उनके लिए खैनी चुनियाता । अंत में सभी चीजों को सरियाकर रखने का जिम्मा भी उसी का था । हर बार एक नई आशा और विश्वास के साथ वह यह सब करता, पर अंततः उसे निराशा हाथ लगती । हर बार उसे अपने सेवा-समर्पण के लिए दाद तो खूब मिलती, अगली बार के लिए ढेरों आश्वासन भी मिलते, पर रोल कभी न मिलता । सबको लगता था, वह रोल में गड़बड़ करेगा ।

एक दिन एकांत पाकर कंता साव से उसने याचना की– "हो कंता चा ! ई बार कइसा भी रौल दे दिजिए । गड़बड़ नहीं करेंगे । करेंगे तो जो कहिए सो... ।"

कंता साव का दिल कुछ डोल उठा, पूछा– "जोकरई करेगा ?" फिर कुछ सोचकर पूछा– "नाचने आता है ?"

चुल्हाई को आशा की किरण नजर आई । सोचा, लगता है इस बार भगवान ने सुन ली । नाटक देखने मुहल्लेभर की लड़कियाँ आती हैं । दूसरे मुहल्लों की भी । उनके सामने हुनर दिखाने का मौका मिलेगा । जिंदगी धन्य हो जाएगी ! जिंदगी की गाड़ी को पटरी या सवार मिलने की प्रत्याशा से रोमांचित वह कंता साव के चरणों में बैठकर बोला– "नाचने भी आता है चच्चा ! बराती

में बहुत बेर नाचे हैं !"

तय हो गया, चुल्हाई इस बार नाचेगा ।

नाटक का पहला ही दिन था । 'दानवीर कर्ण' चल रहा था । दो दृश्यों के अंतराल में जब लौंडा नाच रहा था, चुल्हाई को उसके साथ नाचने भेजा गया । स्टेज पर आते ही उसके दोनों छोरों से पड़नेवाली भैपर लाइटों से उसकी आँखें चौंधिया गईं । आँखें कुछ स्थिर हुईं तो सामने अपार भीड़ देखकर उसके होश छितरा गए । वह बेहद घबरा गया और घबराहट में बिजली की रफ्तार से नाचने लगा । सुर-ताल कोसों पीछे रह गए । लौंडा बेचारा एक ओर हतप्रभ खड़ा उसे देखता रहा । बजवैयों ने साज बजाना बंद कर दिया । तब भी वह नाचता रहा, जैसे दस हजार वोल्ट का करंट लगा हो । अचानक वह गिर पड़ा और हाथ-पाँव पटकने लगा । कोई नहीं जानता था कि उसे मिरगी आती है । मुँह से फेन निकलने लगा । बात यहीं तक होती तो एक बात थी । पर उसने पाजामा भी गीला कर दिया ।

स्टेज पर अफरा-तफरी मचना स्वाभाविक था । काफी हाथ-पैर जोड़ने के बाद दो-तीन लोग उसे टाँगकर ग्रीनरूम में पहुँचाने को राजी हुए । पर जैसे ही उसे पहुँचाया गया, वहाँ दुर्गंध फैल गई और कलाकारों को अपनी वेशभूषा में ही निकलकर सड़क पर आ जाना पड़ा । सड़क पर दर्शकों का जमघट था । हल्ला मच गया ।

"ले बलैया के ! ई देखो, कृस्नजी बीड़ी पी रहे हैं !"

"उद्धर का देखता है बुड़बक ! इद्धर देख, पंचालीजी खइनी चुनिया रही हैं !"

"कमरिया लचकी हो लचकी !" किसी ने शिखंडी पर फिकरा कसा ।

"का हो राजा ! फुलौरी बिना चटनी कइसे बनी ?" लोग लौंडे से हँसी-ठट्ठा करने लगे ।

बच्चे कृष्ण को घेरे खड़े थे, उनकी मुरली और मोरपंख झटकने की फिराक में, और कृष्ण उन्हें हड़का रहे थे, मुरली को तलवार की तरह भाँजते हुए ।

अचानक कर्ण गरजे– "रुक स्साला !"

कोई उनका कुंडल नोचकर भागा था, जिसकी माँ की ऐसी-तैसी करते वे भी उसके पीछे भागे– "पकड़ो स्साले को !" लेकिन वह भीड़ में गायब हो गया । उसके आगे कर्ण का सारा पराक्रम फेल ! 'दानवीरता' की भी परीक्षा हो

गई ।

सूदन ठाकुर ग्रीनरूम-इंचार्ज था । जाति से हजाम । मेकअप से पहले कलाकारों की दाढ़ी-मूँछ मूँड़ता था और रातभर साजो-सामान की देखरेख करने के अलावा दो-तीन बार स्टोव पर चाय बनाकर कलाकारों को पिलाता, उनका मूड फ्रेश करता था । जब उसे चुल्हाई को हटाने का आदेश दिया गया, तो पहले तो वह बड़ा तिलमिलाया और देह-हाथ झाड़ता इधर-उधर भागने लगा, मगर यह काम नहीं करने पर कल से दूसरा हजाम रख लेने का फरमान सुनकर मजबूरन उसे सरेंडर करना पड़ा । पापी पेट का सवाल था । आदेश का पालन तो किया उसने, लेकिन चुल्हाई की बेहोश देह को गालियों की बौछारों से नहलाते हुए ।

नाटक फिर से शुरू होने में करीब घंटाभर लग गया । पर तब तक 'नाटक' का 'असल रस' दर्शकों को मिल चुका था ।

इसके अगले साल जो कांड हुआ, उसका कारण बना मनोज । ठाकुर साव का बेटा । मुहल्लेभर में 'ठकुरबत्ती' के नाम से अवहेलित । लंबा-छरहरा शरीर, गोरा-चिट्टा रंग, लंबी-पतली मूँछें, अमिताभ-कट बाल । शांत और शर्मीला । उसकी इच्छा गाना गाने की थी । जाने क्यों उसे लगने लगा था कि उसकी आवाज रफी से मिलती है और जब वह गाएगा तो रफी को भी फेल कर देगा । किसी की ऐसी धारणा को पुख्ता करने में मुहल्लेवालों की अक्सर मुख्य भूमिका रहती थी, ताकि वक्त आने पर उसका मजा ले सकें । मनोज कंता सात्र की पट्टीदारी में था । भतीजा लगता था । गाने की इजाजत लेने के लिए उसे ज्यादा मशक्कत नहीं करनी पड़ी ।

मगर उसका भी हाल कुछ अच्छा नहीं रहा । स्टेज की चकाचौंध और दर्शकों की भीड़ ने उसका गाने का हौसला तो पस्त किया ही, उसकी गाने की लय भी भुलवा दी । अक्तूबर के महीने में कनपट्टों से पसीना चूने लगा । कलेजे में जैसे आग का गोला दहकने लगा हो ! हाथ-पाँव काँपने लगे । काँपते हाथों से 'रफी के दर्दभरे नगमे' नामक किताब से अपना तयशुदा गीत निकालकर वह गाने तो लगा, पर वह गाना स्लो मोशन में कहे हुए किसी आरंभिक फिल्म के उबाऊ संवाद से बेहतर नहीं था ।

"तेरी जुल्फों से... जुदाई... तो नहीं... माँगी थी... कैद माँगी थी... रिहाई तो... नहीं माँगी थी..."

जैसे जेट वायुयान के रनवे पर बैलगाड़ी सरक रही हो ! अगर वह सुर-ताल से गाता तो संभव था, दर्शकों को इतना मजा नहीं आता जितना कि ऐसे

आया । तबलची ने गुस्से से लाल होकर उसे एक भद्दी-सी गाली दी और एक जोरदार हाथ तबले पर मारकर बजाना बंद कर दिया । हारमोनियम-वादक भी रुक गया, झल्लाकर बोला– "भाँड़ में जाए दुनियाँ, बंद करो हरमुनियाँ !"

कंता साव सिराजुद्दौला की भूमिका में थे । 'प्लासी का युद्ध' चल रहा था । अपने द्वारा संचालित स्टेज पर मनोज द्वारा रफी के तारीखी गीत का क्रियाकर्म होता देखकर उनका दिमाग घूम गया और उसके आने का बेसब्री से इंतजार करते हुए वे परदे के पीछे किसी भड़के हुए साँड़ की तरह चहलकदमी करने लगे । मगर जब देर तक वह नहीं आया और डरा-अकबकाया हुआ 'जोई-सोई कछु गावै' की स्थिति में स्टेज पर कायम रहा, तो कंता साव ने अपना नोकदार जूता निकाला और साइड सीन के पीछे से हाथ निकालकर स्टेज पर उसे लहराते हुए गरजे– "रे स्साला ठकुरबत्ती ! तू आया कि हम आएँ ?"

मनोज ने पलटकर उनका विकराल रूप देखा तो समझा कि आज गए काम से । पीछे लौटना उसे मौत के मुँह में जाने के बराबर लगा । बचाव का कोई रास्ता न देखकर वह दर्शकों में कूद गया जिससे कई लोगों को गहरी चोटें आईं । बवाल मचना लाजिमी था । लोगों ने उसे पकड़ लिया और इसके बाद चीख-पुकार, गुस्सा और गिड़गिड़ाहट की आवाजों से माहौल करीब आधे घंटे तक अस्त-व्यस्त रहा ।

जाहिर है, नाटक के बाद के दिनों में नाटक की चर्चा कम, इस प्रकार के प्रसंगों की चर्चा ज्यादा होती थी । पर जो प्रसंग चर्चा के केंद्र में सबसे ज्यादा रहा और आज तक सबसे ज्यादा लोगों की जुबान पर कायम है, उसका नायक हरी राय था । वह था तो देह-दशा से पतला-दुबला, मगर छः फुट लंबा और मुहल्ले में आतंक का दूसरा नाम ! हमेशा पिए रहता, आँखें लाल-लाल किए रहता । बिहार में सत्ता-परिवर्तन के बाद अपनी जाति का मुख्यमंत्री बनने का रोब-दाब उसमें आठों याम ऐंठता रहता था जो बात-बेबात अक्सर हिंसक रूप में प्रकट होता था । किसी की माँ-बहन कर देना, किसी को सरेआम मार-मारकर 'फ्लैट' कर देना उसके लिए आम बात थी । किसी की जुर्रत नहीं थी कि उसका प्रतिकार करे, उसे मना करे । गालियाँ बकने में वह प्रयोगवादी था और मार-कुटाई में परंपरावादी । परंपरावादी इस मायने में कि जूते और लाठी-फट्ठे उसके पसंदीदा हथियार थे । चूँकि मुहल्ले में यादवों की संख्या सबसे अधिक थी और इस कारण वे दबंग थे और जाहिर है वार्ड आयुक्त भी हर बार उन्हीं में से कोई न कोई चुना जाता था, इसलिए हरी राय को किसी से डरने की जरूरत नहीं थी ।

दबंगई और नंगई का वह सक्रिय और निर्विरोध प्रदर्शक था ।

एक दिन रिहर्सल के दौरान वह आया, अपने परिचित अंदाज में कंता साव के सामने खड़ा होकर हुक्म के लहज़े में बोला– "ई बेर हमहूँ नाटक करेंगे... चंदा लेना है, तेरी बहिनिया के... ले, देते हैं दू रुपैया... मगर रौल नहीं दिया तो एस्टेजे उखाड़ देंगे !" वह लुंगी के फेंटे से रुपए निकालने लगा ।

कंता साव अवाक् ! हर तरफ सन्नाटा ! उससे चंदा लेने के लिए हाथ बढ़ाने की हिम्मत किसी माई के लाल में नहीं थी ।

कंता साव खाँसने लगे । खखारकर कुछ कहते, इससे पहले ही उनके सामने टेबुल पर दो रुपए का नोट फेंककर वह चला गया । तत्काल बला टली । लोगों ने सोचा कि नशे की हालत में उसने ऐसा किया होगा, होश आने पर सब भूल जाएगा ।

मगर अगले ही रोज बासदेव साव हलवाई की दुकान पर उसने कंता साव को पकड़ा । कंता साव खड़े-खड़े चाय पी रहे थे । पहले तो उसे देखकर वे दूसरी तरफ घूम गए और आसपास खड़े ग्राहकों के बीच छुपने की कोशिश करने लगे, लेकिन जब उसने पीछे से उनका कंधा पकड़कर झटके से उन्हें अपनी तरफ घुमाया और लाल-लाल आँखों से घूरने लगा, तो एक तो उनकी सारी चाय छलककर उनके कपड़ों पर गिर गई, दूसरे वे खुद भी गिरते-गिरते बचे । सँभलकर, मुस्कुराकर इस भाव से बोले जैसे कुछ हुआ न हो– "का हरी भाई ! चाय चलेगा ?" फिर उसका जवाब जाने बगैर बासदेव को आवाज देने लगे– "हो बासदेव ! एक ठो और बढ़ाइए !"

पर हरी राय चाय पीने नहीं आया था । निर्णायक मुद्रा में आया था । कल वह नशे में जरूर था, पर मकसद को लेकर बेखुद या बेहोश नहीं था । उस पर वाकई नाटक करने का भूत सवार हो गया था । असल बात यह थी कि अपने चेले-चपाटियों और पट्टीदारी के कुछ लोगों द्वारा उकसाने और उत्साह बढ़ाए जाने के कारण इस बार वह 'औल मुहल्ला' को अपना अभिनय-कौशल दिखाने और 'मंच पर भँडुआगीरी करनेवाले हरामियों' के सामने कलाकारी की मिसाल पेश करने को बेताब था ।

कंता साव को 'अपनी चाय अपने अधोद्वार में रखने' की सख्त नसीहत देते हुए कड़कदार आवाज में उसने पूछा– "रौल का का हुआ ?"

"रौल ?..."

कंता साव के प्राण सूख रहे थे । कहें तो क्या कहें ? प्राणरक्षा में झूठ

बोल गए– "रौल तो दे दिया हरी भाई !"

"कइसा रौल दिया ? कुत्ता-गिद्दर का हुआ तेरी बहिनिया के... !"

"नहीं हरी भाई ! बन्हियाँ दिया है ! फस्टक्लास ! भाई का बात था !" झूठ पर झूठ ! कंता साव एक ही साँस में बोल गए ।

पर हरी राय अब भी ढीला नहीं पड़ा । उनके गरीबान पर अपनी पकड़ मजबूती से बनाए रहा– "रिहल्सल कइसे होगा ?"

"रिहल्सल ?..."

कंता साव की साँस अटक रही थी । दम फूलने लगा था । बदन पानी-पानी हो गया था, चेहरा लाल रक्तिम । आँखें फटी हुई, भयंकर, जैसे बाहर आ जाएँगी । उनसे झरझर गिरता पानी...

वे गिड़गिड़ाने लगे– "रिहल्सल की आपको क्या जरूरत हरी भाई ? सब हो जाएगा... एस्टेजे पर..." उनके सामने जीवन-मरण का प्रश्न उपस्थित था, फिर भी जानते थे कि रिहर्सल में उसके आने से वह नहीं हो पाएगा और मुहल्ले में पचास बरसों से चली आ रही नाट्य-परंपरा के टूट जाने की नौबत आ जाएगी ।

वे किसी तरह उसे टालना चाहते थे ।

पर इतनी आसानी से टलनेवाला वह था नहीं । कड़ककर बोला– "टरकाता है स्साला ? अइसे कइसे हो जाएगा तेरी... ?"

"हो जाएगा हरी भाई... सब हो जाएगा... भाई का बचन है... और प्रौम्प्टर तो रहता है न... आप कर लिजिएगा..." वे घिघिया रहे थे– "आपको भी सोचना पड़ेगा हरी भाई ?..."

हरी राय को अपनी क्षमता पर कोई संदेह नहीं था । उसने भी सोचा कि 'इन पिल्लुओं की तरह महिन्ना-भर अपना चुत्तर घँसने से कोई फैदा नहीं' और झटके से उनका गरीबान छोड़ दिया । पर तब तक वे बेदम हो चुके थे । घर लौटने की ताकत भी बाकी नहीं थी । डर और सरेआम बेइज्जती से अपनी आँखें भी उठा नहीं पा रहे थे । पर किसी तरह घर तो लौटना ही था । लौटे । पर ऐसे, जैसे अब से पहले कभी न लौटे थे । जैसे वे नहीं, कोई और लौटा हो ।

घर के लोगों ने सुना तो बड़ा समझाया । कहा कि आज से आपका नाटक-फाटक बंद । इज्जत से घर में रहिए । अपनी दुकान-डलिया देखिए । मुहल्ले की किसी बात में मत पड़िए । नहीं कभी जान चली जाएगी । कोई बचाने नहीं आएगा । हाल देख ही रहे हैं मुहल्ले का । आज ये हुआ है । कल

इससे भी खराब नौबत आ सकती है । किसका घर छोड़ रखा है उन्होंने । किसी तरह माँ-बहन की इज्जत बच जाए, यही बहुत है । पंद्रह साल निबाह दिया आपने । बहुत हुआ । अब बाकी लोग हैं । वे देखें और करें । माया-मोह त्यागिए और लंद-फंद से दूर रहिए । पहले बात और थी । लोग इज्जत करते थे । लेकिन अब सब बदल गया है । किसी दिन स्टेज पर ही आपकी धोती खोल देंगे । खून हो जाइएगा, कह देते हैं ।

कंता साव ने भरे गले से कहा कि ठीक है, नाटक से नाता तोड़ लेंगे । बस इस बार किसी तरह निबाह देते हैं । जब नाध दिया है तो साधना तो पड़ेगा ही । पर आगे से कान पकड़ते हैं, कसम खाते हैं... कहते-कहते उनकी आँखों में आँसू आ गए ।

पहले दिन, यानी नवमी की रात को 'प्रताप की प्रतिज्ञा' का मंचन था । नाटक लगभग दस बजे शुरू होता था । आठ बजे के आसपास सभी कलाकार ग्रीनरूम में जुटते थे । फिर रोल के मुताबिक उनका मेकअप किया जाता था, उनकी वस्त्र-सज्जा होती थी । हरी राय साढ़े सात ही बजे आ गया । तब तक कोई आया नहीं था । सूदन ठाकुर ग्रीनरूम का ताला खोलकर अभी अंदर आया ही था और नीचे बैठा उस्तुरा पिजा रहा था । उसने हरी राय को देखा तो सिट्टी-पिट्टी गुम !

"हे काली मइया ! तू ही सहाय... !" मन ही मन गुहराते वह उठा और एक कोने में रखा अकबर के लिए लाया गया सिंहासन उठा लाया । अँगोछे से उसकी धूल झाड़कर बोला– "बइठिए भइयाजी ! अच्छा किए अभिए आ गए ! अराम से तइयार होइए ! दाढ़ी-मोंछ बना दें ? चाय बनाएँ ? जो कहिए सो..."

पर हरी राय चाय क्यों पीता ? वह जो पीता था सो पीकर आया था । उसकी मुख-मुद्रा और आँखों से साफ जाहिर था ।

"चाय... !" उसने व्यंग्यपूर्वक कहा, जैसे कह रहा हो– 'जिहिं मधुकर अंबुज रस चाख्यो क्यों करील फल भावै ।' फिर हुक्म दिया– "चल दाढ़ी बना ! मोंछ मत छुइहो, नहीं एही अस्तूरा से गरदन छेब देंगे ! बाप के जीते मोंछ छिलाता है रे, नाई-ताई... ?"

"ई बात आप ठीक फरमाए भइयाजी ! पर हियाँ के आमदी को एतना अक्किले नहीं । आते कहेगा मोंछ छील दो ! का करें भइयाजी, छिलना पड़ता है । रोजी-रोजगार है तो करना पड़ेगा । किस-किससे बहसा-बहसी किया जाए ? बाप के रहते निमोंछिया बनना घोर पाप है, धरम के बरखिलाफ है

आप केतना बड़का बात बताए ! बताए कि नहीं भइयाजी ? पर हियाँ कौन समझाए ? ऐसा कलजुग आ गया है कि भइयाजी..." सूदन ठाकुर दाढ़ी बनाते चरम भाव से मक्खन लगाने लगा ।

"चौप ! कट जाएगा... !" हरी राय ने उसे डपटा, बकर-बकर करने से मना किया और अपना अंग-विशेष नहीं 'सोहराने' की सख्त हिदायत पेश की– "अगर रेफ भी लगा, तो सारा होशियारी घुसाड़ देंगे !"

सूदन ठाकुर अंदर से डरा था, पर बातचीत करके बाहर से सहज दिखने की कोशिश कर रहा था । सोचा था, ठकुरसुहाती से जान बच जाएगी । लेकिन बाप रे ! यहाँ तो पासा उलटा पड़ गया । उसने करीब से उसकी खूँखार आँखें देखीं । लाल-भभूक ! बेतरह चढ़ी हुई ! हे भगबत्तीजी ! तू ही सहाय !... रच्छा करो हे दुर्गा महरानी !...

यही रात अंतिम, यही रात भारी !...

उसके हाथ बुरी तरह काँप रहे थे, जिन्हें मुश्किल से काबू में करके उसने दाढ़ी बनाई । प्रति मिनट एक दाढ़ी बनानेवाले उसके निपुण हाथों को यह दाढ़ी बनाने में लगभग आधा घंटा लग गया । देवी माँ के नामों को गुहराते वक्त कटा । प्राण अटके रहे, जब तक लोग आ नहीं गए ।

इसी बीच हरी राय ने उससे जान लिया था कि 'अकबर के बीर सिपाही का रौल' उसे करना है । सूदन ठाकुर ने 'बीर' शब्द पर जोर देकर, उसका सगर्व उच्चारण करके उसे बताया था ।

आठ के आसपास सभी लोग पहुँच गए । कंता साव भी आए–चुप और उदास, तनावभरा चेहरा लटकाए । आज ग्रीनरूम में पहलेवाली चहल-पहल और उमंग नहीं थी । हँसी-मजाक तो दूर की बात, पहलेवाला जोश भी कहीं नजर नहीं आता था । सबके चेहरे पर किसी भावी दुर्घटना का डर काला साया बनकर तैर रहा था ।

हरी राय सिंहासन पर बैठा था, ग्रीनरूम के बीचोबीच, मूँछों पर ताव देते हुए । कंता साव के आते ही भारी आवाज में डपटने लगा– "आने का एही टैम है ? डैरेक्टर बनता है ? स्साला साव-ताव... !"

कंता साव कुछ नहीं बोले । खामोश रहे । जैसे सुना ही न हो । या जैसे प्रण करके आए हों कि कुछ हो जाए, बोलना नहीं है ।

"बोलता काहे नहीं ? मूँ में बकार नहीं है ? बहिरा है का ?" सब सन्नाटे में थे और वह गरज रहा था– "ड्रेस तेरा बाप देगा ?"

"सूदन ! इनका ड्रेस वगैरह निकाल दे !" कंता साव ने शांत भाव से कहा और परदों की जाँच करने स्टेज पर चले गए ।

नाटक-मंडली में परदों की कोई कमी नहीं थी । राजदरबार, जंगल-झरना, नदी-पहाड़, सड़क-पगडंडी, रात या सूर्योदय—सबको दरसानेवाले परदे थे । सोनपुर मेले से कई बरसों में खरीदकर रखे गए थे । इनके अलावा बालों, पोशाकों, रेशम की धोतियों और दुपट्टों, जूतों, मुकुटों, ताजों, मालाओं, भुजबंदों और अस्त्र-शस्त्रों का भी बड़ा भंडार था । साजो-सामान कम नहीं थे, पर रख-रखाव के अभाव में उनकी दशा खराब थी ।

"सारा परदा उठा-गिराके चेक कर लिया, बिसुन ?"

बिसुन दास 'परदा मास्टर' था । मंचन के दौरान परदों के संचालन का जिम्मा उसी पर रहता था । इसमें उसकी सिद्धहस्तता थी । कई बरसों से यह काम कर रहा था । उसने कंता साव को आश्वस्त किया कि सब ठीक है, देख लिया है । लेकिन आज उसकी आवाज में पहले जैसी प्रफुल्लता नहीं थी ।

इधर हरी राय ने सूदन ठाकुर से जो-जो माँगा, सब मिला उसे । सबसे अच्छी पोशाक, सबसे अच्छा ताज, सबसे अच्छी तलवार, सबसे अच्छा दुपट्टा, सबसे अच्छे जूते—सब कुछ से सज-धजकर वह तैयार हुआ । ये सारी चाजें अकबर के लिए तय थीं । लेकिन उसे कौन मना करता ? अकबर को जैसे-तैसे काम चलाना पड़ा । इतना दीन-हीन-अकिंचन अकबर इतिहास के किसी भी मंच पर कभी देखा नहीं गया होगा !

खैर, किसी तरह नाटक शुरू हुआ । इससे दर्शकों में हलचल फैली । उनका इंतजार खत्म हुआ । वे आनंद उठाने लगे । उनमें अनेक ऐसे भी थे जो परदे के पीछे चल रहे 'एपिसोड' को जानते थे और संभावित 'तमाशे' को लेकर आपस में बतियाते व्यग्रता और उल्लास से फड़क रहे थे । इसके विपरीत मंच पर कलाकारों के मन की आशंकाएँ जरा भी कम नहीं हुई थीं, बल्कि वे हर पल बढ़ती ही जा रही थीं ।

आरंभ के चार सीन प्रताप-संबंधी थे जो निबह गए । पाँचवाँ अकबर-दरबार का था । इसी में हरी राय का 'डेब्यू' था । उसे अकबर की बगल में भाला लेकर सावधान-मुद्रा में खड़ा रहना था । इस सीन में पहले मातृभूमि की रक्षा के लिए किए गए महाराणा प्रताप के प्रण और पराक्रम को लेकर अकबर-दरबार की चिंता व्यक्त होनी थी, तत्पश्चात् स्वार्थी शक्ति सिंह को आना था, जिसके संवादों से भाई के विरुद्ध संघर्ष और राष्ट्रद्रोह की उसकी भावना का

प्रदर्शन होना था ।

सीन शुरू हुआ । मंच भरा-पूरा लग रहा था । लगभग दस पात्र रहे होंगे उस पर । अकबर, बीरबल, जोधाबाई, मानसिंह, टोडरमल, तानसेन सभी अपने-अपने आसनों पर विराजमान थे । अकबर का 'बीर सिपाही' उसकी दाईं तरफ खड़ा था—मंच पर सबसे विशिष्ट वेशभूषा में, सबसे देदीप्यमान, कमर में तलवार खोंसे, दाएँ हाथ से उसकी मूठ पकड़े, बाएँ में भाला लिए, वीरमुद्रा में, सावधान । वह अपने संवाद का हर पल बेसब्री से इंतजार कर रहा था और जैसे-जैसे सीन समापन की ओर बढ़ रहा था, उसकी बेचैनी और गुस्से की लपट तेज से तेज होती जा रही थी ।

सीन की एक-एक हरकत को लाल निगाहों से घूरता हुआ, मुश्किल से खड़ा वह सोच रहा था कि अकबर का डाइलौग हुआ, मानसिंघ का हुआ, कुत्ता-बिलाई सबका हुआ, पर उसका डाइलौग कहाँ गया ? सक्तिसिंघ आया तो वह भी हिच्छाभर दिस-दैट किया । हियाँ तक कि दरबान भी आके बोला कि महराज ! सक्तिसिंघ आपका दिलदार करना चाहता है । सीन खतमाने को आया मगर अकबर के बीर सिपाही का डाइलौग नहीं आया । उसका डाइलौग कब आएगा ? पाँच घंटा हो गया, मुँह में मुरदासंख पोतके झख मार रहा है । पूरा मुँह भकभका रहा है । ड्रेस ऐसा पलंजर है कि हिलना-डुलना भी मुश्किल । साला देह छिला रहा है । पाँच घंटा ग्रीनरूम में पड़ा सड़ा है और अब आधा घंटा से हियाँ खड़ा होके इन हरामियों का कुत्तागीरी देख रहा है और कुकुरभौंभौं सुन रहा है और सोच रहा है कि अब आएगा, अब आएगा, अब आएगा ! नहीं, उसके साथ धोखबाजी हुआ ! बैकूफ बनाया गया उसे ! वह छोड़ेगा नहीं किसी माधर...

उसके अंदर भीषण भावों के भूचाल उठ रहे थे...

ई स्साला फगुनी बैठा । धोबघट्टी में गदहा चराता है और हियाँ अकबर बनके फारसी बतिया रहा है । गदहा पर बइठने जाता है तो ऊ भी लथाड़ मारता है और हियाँ सिंघासन पर बइठके नबाबी छाँट रहा है । ई स्साला चरनमा । बाप जुत्ता सीता है, मरहा ढोर उठाता है । मइया बकरी चराती है, चमड़ा सुखाती है । एक लप्पड़ पड़ जाए तो पेशाब कर दे और हियाँ सक्तिसिंघ बनके तलवार भाँज रहा है और फेंकइती झाड़ रहा है । ई झउआ स्साला पंडित पंडोल । मेहरारू उढ़र गई तो बकार नहीं फूटा । जमीन सब चाँप दिया तो बकार नहीं फूटा । हियाँ मानसिंघ बनके अल्लारूदल गा रहा है । बीरताई दिखा रहा है । ई छुछुंदर स्साला

गिरधरिया । टिउसन के लिए घर-घर छिछियाता है । मियन्टोली में घुसके नैनमटक्का करता है । बुढ़उती आ गया, केस सब पक गया, बियाह नहीं हुआ । स्साला मउगा । अकबर का मेहरारू बनके पौल्टिस बघार रहा है...

हरी राय ने घूमकर हत्यारी आँखों से कंता साव की तरफ देखा । वे बाएँ साइड सीन के पीछे खड़े पसीने से तर-ब-तर किताब हाथ में लिए प्रौम्टिंग कर रहे थे । फिलहाल उनका पूरा ध्यान नाटक पर था और चश्मा लगाए वे शक्तिसिंह का संवाद बोल रहे थे । उन्हें इस तरह देखकर हरी राय का माथा क्रोध से फटने लगा और बदन का खून लावा हो गया । उसने अपने आगे खड़े शक्तिसिंह यानी चरनदास को 'हट साला चमरउटी' कहकर अचानक एक जोरदार धक्के से गिरा दिया और मंच के बीचोबीच आकर चीखने लगा- "घुसेट-घुसेटके मारेंगे... !"

एक पल के लिए कुछ दर्शकों को लगा कि शायद यह भी नाटक का कोई संवाद है, मगर उनके इस एक पल के लगने को झूठ साबित करते हुए हरी राय आगे बोल रहा था- "बहुत डरेमा हो गया भाई लोग ! अब डरेमा-डरेमी सब बंद ! अब खून होगा एस्टेज पर ! हियईं ई हरामी डैरेक्टर को सबके आगे घुसेट-घुसेटके मारेंगे ! लाद फाड़के अँतड़ी-पचउनी बाहर कर देंगे एकरी बहिनिया के... !" उसने म्यान से तलवार खींच ली । तभी परदे के पीछे से किसी की डर से घिघियाती दबी आवाज बिसुन दास के कानों तक पहुँची- "ए परदा मास्टर ! परदा गिराओ, परदा गिराओ... !"

बिसुन दास परदे की डोर पकड़े, मंच के अगले दाहिने साइड सीन के पास हतप्रभ, कर्तव्यमूढ़ खड़ा था । उसने परदे की डोर छोड़नी शुरू की तो परदा ऊपर से नीचे सरकने लगा, मगर हरी राय ने अपना बायाँ हाथ उठाकर बीच में ही उसे थाम लिया और दाएँ हाथ में थमी तलवार को बिसुन दास की तरफ तानकर गरजा- "रोक स्साला ! अभी हमारा बहुत रौल बाकी है... !"

प्रत्यक्ष मृत्यु को देखकर बिसुन दास डोर छोड़कर मंच से कूद गया और भाग गया । मंच के कलाकार तो उसी समय धीरे से खिसक गए थे जब हरी राय उनके आगे आकर अंटशंट बकने लगा था । आगे की दर्शकदीर्घा में महिलाएँ और बच्चे बैठे थे जो अपने से कुछ ही दूरी पर सहसा उपस्थित इस जानलेवा खतरे को देखकर काफी डर गए थे और उनके भागने से अफरातफरी मच गई थी । कई महिलाएँ तो रोती-रिरियाती भागी थीं । उधर ग्रीनरूम में भी सन्नाटा था । वहाँ के इंचार्ज सूदन ठाकुर सहित सारे कलाकार और सहयोगी जिस हालत

में थे उसी में भाग चले थे ।

कंता साव की हालत दु:खद थी । जिस समय हरी राय की नौटंकी शुरू हुई थी, उनके हाथ-पैर काँपने लगे थे और किताब हाथ से छूटकर गिर गई थी । उनके सीने में जानलेवा दर्द उठा था और लगा था कि साँस रुक गई । वे गश खाकर गिर पड़े थे । कलाकार जब भागने लगे थे तो उनमें से कुछ ने अपनी जान को जोखिम में डालकर उन्हें भी उठाकर ले जाना उचित समझा था ।

थोड़ी ही देर में मंच और उसके आसपास वीरानी फैल गई थी । बस वे ही कुछ लोग बचे थे जो या तो हरी राय की पट्टीदारी के थे या उसी के 'सिलसिले' में शामिल 'प्रशिक्षु दबंग' थे और उसके 'नटरस-लालच' में रुके रहकर रस के एक-एक कतरे का आनंद प्राप्त कर लेना चाहते थे । वे सब तभी लौटे, जब वह चीख-चीखकर सबको देख लेने के फतवे जारी करता हुआ दो बजे रात में अपने घर लौटा ।

कल होकर कंता साव को हाजीपुर सदर अस्पताल ले जाना पड़ा । दो-तीन रोज में वैसे वे वहाँ से लौट तो आए, मगर इस घटना के बाद जब तक जिए, नाटक का कभी नाम भी उनकी जुबान पर नहीं आया । यह घटना मौत के आखिरी पलों तक उनके कलेजे का खून अपने खामोश हैवानी होंठों से पीती रही ।

घटनेवाली रात की सुबह-सुबह बिसुन दास ने हाजीपुर जंक्शन से कलकत्ता जानेवाली ट्रेन पकड़ ली । उसका छोटा भाई वहाँ एक लेदर फैक्ट्री में काम करता था । बहुत दिनों से बुलाता था कि भइया, आ जाइए । जब भी चिट्ठी लिखता था, यही लिखता था । पर बिसुन जाता नहीं था । घर-परिवार और मुहल्ले का मोह उसे घेरे रहता था । इसके अलावा उसके जाने के बाद बूढ़े माँ-बाप अकेले पड़ जाते सो अलग । उन्हें कौन देखता ? मेहरारू का 'सौभाव' गरम था । एक चीज सौ उलाहने के साथ उन्हें देती थी । बात-बात पर झनकती रहती थी । हालाँकि उससे भी लंबे समय तक दूर रहना उसके लिए मुश्किल होता और बच्चों से दूर रहना तो शोक के समंदर में गर्क होने जाने जैसा । फिर भी उसे जाना पड़ा । भागना पड़ा । मुँहअँधेरे । बच्चे अभी सोए ही थे । छोटे-छोटे दो बच्चे । झुम्मी और मोहन । उन्हें क्या पता कि बाप जा रहा है ! उन्हें क्या पता कि क्या हुआ है ! उठकर खोजेंगे कि बाबू किधर हैं तो क्या कहा जाएगा उन्हें ?...

जाते समय पत्नी ने फटे पाजामे को काटकर बनाए झोले में कुछ कपड़े, चिउरा, लोटा वगैरह धरकर दिया । बोली– "जाते चिट्ठी लिखना !" माँ बोली–

"ठीक से रइहऽ, घबरइहऽ जिन !" बाप कुछ न बोला । गूँगा था । बस इशारे से कहा कि "जा, जिनगी रहेगा तो सब रहेगा बउआ !"

हरी राय कई दिनों तक अपने साथ धोखा करनेवाले लोगों को अपनी परिचित मदमस्त मुद्रा में हिंसक इरादे से लैस होकर खोजता रहा और लोग उतने दिनों तक जहाँ-तहाँ भूमिगत रहे । इस बीच उनके परिवारों को उससे अनेक बार फजीहतें और बेइज्जतियाँ झेलनी पड़ीं । वह तो शुक्र कहिए कि नगरपालिका चुनाव के दिन निर्धारित हो गए, जिसमें खड़ा होने के लिए वह पहले से प्रेरित-प्रतिबद्ध था और उसकी तैयारियों में लग गया, नहीं तो किसी की खैर नहीं थी । एक न एक लाश जरूर गिरती ।

जाहिर था, इस घटना के बाद मुहल्ले की नाट्य मंडली हमेशा के लिए बिखर गई और पचास बरसों से कायम उसकी नाट्य परंपरा समाप्त हो गई । उसके मुश्किल से खरीदे गए साजो-सामान चूहों, कीड़े-मकोड़ों, दीमकों और वक्त के बेरुख बरतावों की भेंट चढ़ गए । आज उन्हें याद करता हूँ, तो सिर्फ उनकी भुरभुराती हुई जिंदगी की धूल-मिट्टी मेरे जेहन पर बिखरती है । मैं जानता हूँ किस तरह देवताओं, महापुरुषों और योद्धाओं के हथियार भी वक्ती जंग के बेआवाज हमलों की वजह से अपनी धार और चमक खो देते हैं ।

नाटक बंद होने का मलाल कंता साव-जैसे एकाध आदमी के मन में हमेशा मौजूद रहा । पर अधिकांश मुहल्ला उससे आजाद ही रहा । जिन लोगों के मन में थोड़ी-बहुत कसक रही भी, वे भी जल्द ही उससे छुटकारा पाकर अपनी दुनिया और रोजमर्रे की जिंदगी में दफन हो गए । असल में इस तरह की उथल-पुथल वहाँ के लोगों के लिए कोई खास बात या नई घटना नहीं थी, बल्कि आम घटनाओं की तरह उनकी रोज की जिंदगी का हिस्सा थी जिसके वे आदी हो चुके थे ।

वे परिस्थितियों के दास थे । उनकी जिंदगी दरिया में बेसहारा डूबती-उतराती किसी बेजान चीज की तरह थी, जिसकी किस्मत का फैसला मौजों की हलचलें करती हैं । वे हर आती-जाती हवा में पतझड़ के पत्तों की तरह इधर-उधर होते और टूटते-बिखरते रहते थे । बेजारी, बेकारी, बेबसी, बेचारगी और बेइज्जती-जैसे हालात उनकी जिंदगी के स्थायी भाव थे, जिनकी वजह से उनके भीतर एक मुर्दा बेफिक्री हमेशा के लिए घर कर गई थी ।

नाटक गया तो चुनाव आया ।

हमारे वार्ड नंबर पंद्रह (अब उनतीस) से 'युवा, सुयोग्य, समर्पित,

शिक्षित, कर्मठ, समाजसेवी एवं लोकप्रिय उम्मीदवार' हरी राय भी खड़ा हुआ । उसकी 'ईंट' और उसी की पट्टीदारी के शंभू राय के 'मुरगे' के बीच सीधी टक्कर रही । जगह-जगह बैनर-पोस्टर लगाए गए । खूब हसैन-हुसैन हुआ और 'इनकिलास-जिंदाबाद' के नारे लगे । ताड़ी-दारू की बहार आ गई । उम्मीदवारों के आदेश से कार्यकर्ताओं के लिए उनकी भट्ठियाँ चौबीसों घंटे खुली रहीं । पासी-कलाल ने तो जी-जीकर पाया । कहने की बात नहीं कि लफड़े-झगड़े भी खूब हुए । दूसरे उम्मीदवारों की तरह हरी राय भी घर-घर हाथ जोड़े वोट माँगने गया । सेवा का एक मौका देने की करबद्ध प्रार्थना की । वादे किए कि जीत जाएँगे तो हेन करेंगे, तेन करेंगे और सबने आश्वासन भी दिया कि हरी भाई, हम सब आपके साथ हैं और आप हैं तो किसी और को वोट देने का सवाल ही नहीं उठता । पर हरी राय हार गया । निवर्तमान वार्ड आयुक्त शंभू राय के मुरगे ने ईंट को दबाकर जीत की माला पहन ली । वह कटकर रह गया । शंभू राय-जैसे कानूनी और पहुँचवाले आदमी से सीधे टकराना उसके बूते से बाहर था, इतना वह समझता था । अब वह बुरी मानसिक दशा में मुहल्लेभर में पी-पीकर दारू-वमन करता या शंभू राय के खिलाफ विष-वमन करता था ।

चुनाव गया तो टीवी आ गया ।

मुहल्ले का पहला टीवी हरेस झा ने खरीदा । रामानंद सागर की 'रामायण' देखने के लिए । इतवार को सुबह आठ बजे पूरा मुहल्ला वहाँ जुटता । अपार भीड़ लगती । टीवी को कमरे से निकालकर बाहर रखना पड़ता । लोग बरामदे से लेकर सड़क और उसके पार तक खड़े रहते । ज्यादातर लोग, खासकर महिलाएँ और बूढ़े हाथ जोड़े रहते और मार्मिक प्रसंगों के दौरान रोते । कुछ लोग तो लगातार रोते ही रहते । मनोरंजनधर्मी युवक उन पर खास ध्यान रखते और मजा लेते । रोनेवालों में कई ऐसे भी थे जो देर तक रुलाई रोके रहने की कोशिश करते और अंततः उसमें असफल होने पर अचानक हुहुआकर रो पड़ते जिससे माहौल मार्मिक कम, मनोरंजक ज्यादा हो जाता । उनके बनते-बिगड़ते चेहरों की भावपूर्ण मुद्राएँ युवकों के लिए ऋषियों और देवी-देवताओं की भावहीन भंगिमाओं से कहीं अधिक आकर्षक थीं ।

टीवी आया तो बहुत मजा आया ।

और विज्ञापन भी आए ।

विज्ञापन आए तो नई जरूरतें पैदा होने लगीं । नई जरूरतें पैदा होने लगीं तो लोग शहर के बाजारों में आने-जाने लगे । लोग शहर के बाजारों में

आने-जाने लगे तो बाजार बढ़ने लगे । बाजार बढ़ने लगे तो बढ़ते-बढ़ते इतना बढ़ गए कि वे हमारे मुहल्ले तक पहुँच गए और एक दिन हमारा पूरा मुहल्ला खुद बाजार हो गया ।

और आज जो हाल है, उस समय किसी को जरा भी गुमान न था कि छोटा-सा दिखनेवाला वह बुद्धू बक्सा एक दिन इतनी माया फैलाएगा और आदमी की दुनिया पर इस कदर राज करेगा !

## छः

बासदेव साव हलवाई की दुकान मेरे घर के पास के नुक्कड़ पर थी । वह एक मजाकिया बूढ़ा था और दिनभर चूल्हे के पास बैठकर काम करते हुए एक खास लय में हिलता रहता था । उसे देखकर मुझे मुड़झुलवे[1] की याद आती थी ।

उसका चश्मा बहुत पुराना और टूटा-फूटा था । पावर ज्यादा था, सो उसके पीछे से उसकी आँखें बड़ी-बड़ी, भयंकर दिखती थीं । चश्मे की एक कमानी भी टूटी थी जिसकी क्षतिपूर्ति एक काला-चीकट धागा करता था । मुहल्ले के कुछ पढ़े-लिखे हँसोड़ लोग चश्मे को हड़प्पा की खुदाई से निकला बताते थे और उन्हीं लोगों में कुछ ऐसे भी थे जो उसकी उत्पत्ति की उक्त अवधारणा से इत्तिफाक न रखते हुए उसे और भी प्राचीन बताते थे और कहते थे कि उसका प्राकट्य समुद्र-मंथन से हुआ था ।

"तो तुम पूछोगे भाई मेरे कि समुंदर-मंथन से तो चौदही रतन निकलिस था तो ई पंदरहवाँ कहाँ से आइस ? तो ऊ आइस भाई मेरे धनवंतरीजी के जौरे ! जब ऊ अमरित का कलसा लेके समुंदर से निकलिन तो ओही चश्मा पहिरिन थे जो अभी बासदेव भाई पहिरके फुलौरी छान रहिन हैं ! अब तुम पूछोगे भाई मेरे कि भला ऊ चश्मा बासदेव भाई के पास कइसे आइस ? तो ऊ अइसे आइस भाई मेरे कि एक दिन धनवंतरीजी बासदेव भाई के पास खुदे आइन और बोलिन कि भाई मेरे हम बूटी छानता है अउर तुम कचरी, फुलौरी, पूरी, बुनिया अउर जिलेबी छानता है तो हम भी छानता है अउर तुम भी छानता है तो ई नाता से दुन्नो भाई भाई-भाई हुए कि नहीं हुए भाई मेरे ! तो अपना चश्मा हम तुमको देता है भाई मेरे

---

*1. एक खिलौना—मिट्टी से बनी एक बूढ़े की मूरत, जिसमें गरदन की जगह स्प्रिंग लगी होती है और इस कारण उसका सिर प्रायः हिलता रहता है ।*

कि देख-दाखके बन्हियाँ से छानो अउर उसमें देह का पसीना मत घोरो भाई मेरे... !"

मुहल्ले के लोग बासदेव साव के गंदे रख-रखाव को लेकर नाक-भौं सिकोड़ते थे । दुकान में अर्श से फर्श तक फैली गंदगियों, बदबुओं और उन पर भिनभिनाती मक्खियों को देखकर भिनकते थे, लेकिन सुबह से शाम तक वहाँ खुद मक्खियों की तरह डटे भी रहते थे ।

बासदेव सुबह-सुबह जलेबी छानता था । उस समय उसकी देहगति एक मोहक लयछंद में बँधी होती थी । बच्चों को देखकर वह तरंग में आ जाता था और कहता था— "घूम घुमउआ, पाँच रुपे पउआ, खा ले रे बउआ !"

उसकी तुक में तुक मिलाते बच्चे भी उसी की शैली में सिर हिलाते हुए कहते थे— "जिलेबी छाने कउआ !"

'कउआ' शब्द से वह थोड़ा हड़कता था । शायद अपने काले रंग को लेकर । और इस कारण बैठे-बैठे ही दुकान के 'धूम-कज्जलित वायुमंडल' में अपना 'तैल-पुष्ट छनौटा' किसी ब्रह्मास्त्र की तरह उठाकर उन्हें धमकाता था । उस वक्त चश्मे के भीतर से झाँकती उसकी विस्फारित आँखें, मोटे होंठों के कोरों से चूती गाढ़ी लार और लड़खड़ाते उसके अस्पष्ट शब्द—ये सब मिलकर अजीबोगरीब दृश्य उत्पन्न करते थे, जिसे देखकर सोचना मुश्किल था कि हँसा जाए या गंभीर रहा जाए । मगर बच्चे तो बच्चे थे । अपनी चिढ़ौनी को सफल मानकर वे उसके आसपास मँडराते और खिखियाते रहते थे ।

बासदेव के दो लड़के थे । बालदेव बड़ा था । लोगों ने उसके नाम को घटा-बढ़ाकर, ठोंक-पीटकर 'बैला' बना दिया था । बैला यानी बैल । छोटे का नाम फेंकन था । पुकार का नाम फेंकना । स्कूल में मुझसे वह एक दरजा नीचे था ।

बैला बताह था । मंदबुद्धि । बोलता था तो लगता था, जैसे भाँथी से हवा निकल रही हो । बोलता क्या था, घोंघियाता था । उसकी बोली समझने में अनुमान की भूमिका सबसे अहम होती थी ।

मुहल्ले में उसकी बेवकूफियों के कई किस्से और दिलचस्प वाकिआत मशहूर थे, जिनमें से एक का रिश्ता हमारे घर से भी था ।

हमारे घर में दो शौचालय थे । एक घर के अंदर और दूसरा बाहर । अंदरवाला घर की महिलाओं के लिए था । बाहरवाले में घर के मर्द जाते थे और आस-पड़ोस के कुछ अन्य लोग भी । उनके लिए कोई रोक-टोक नहीं थी ।

कहना चाहिए कि हमारा बाहरी शौचालय उनके लिए मुफ्त का एक सुलभ शौचालय था ।

उसी में बैला भी जाता था । एक बार हमने लक्षित किया कि शौचालय जाने की उसकी आवृत्ति काफी बढ़ गई है, दिनभर में नहीं भी तो पाँच-छः बार जाने लगा है । हमने सोचा कि उसका पेट गड़बड़ाया होगा और ऐसा सोचना अस्वाभाविक भी नहीं था ।

मगर बात कुछ और थी ! राज कुछ और था !

एक दोपहर शौचालय के अंदर से घों-घों की घुटी आवाज सुनाई पड़ी । लगा जैसे अंदर किसी की गरदन दबाई जा रही हो और पीड़ित व्यक्ति अब-तब में मरने ही वाला हो । उस वक्त मेरे सँझले चाचा दरवाजे पर खाट बुन रहे थे । उन्होंने वह बेचैन घोंघियाहट सुनी तो किसी अनिष्ट की आशंका को भाँपकर दौड़े गए और शर्मोहया को ताक पर रखते हुए शौचालय का दरवाजा खींचकर खोल दिया । डेढ़ इंच की लकड़ी की सिटकिनी उनकी भरी जवानी का जोर क्या सहती ! अंदर देखा तो बैला नीचे पड़ा बुरी तरह छटपटा रहा था, एक-एक हाथ उछल रहा था, किसी पकड़ में आए साँप की तरह ऐंठ रहा था और भयंकर पीड़ा से घोंघिया रहा था ।

क्या उसे मिरगी आई थी ? नहीं !

उसके पास वह लोटा लुढ़का पड़ा था जिसमें वह पानी लेकर जाता था । लोटे के आसपास बीसों रसगुल्ले बिखरे थे । चाचा एक पल में सारा माजरा समझ गए । बैला अपने पिता से छुपाकर लोटे में रसगुल्ले भर-भरकर लाता था और शौचालय में बैठकर खाता था । लोटा लिए शौचालय जाते देखकर उस पर कौन शक करता ! पर आज न जाने कैसे उसके गले में रसगुल्ला अटक गया तो उसकी साँस ही अटक गई, उसके प्राण ही अटक गए । वह प्राणरक्षा के लिए घोंघियाने लगा ।

अचानक चाचा ने उसकी गरदन के पीछे एक मुक्का मारा । जैसे घोड़ा दबाते गोली चलती है, मुक्का पड़ते ही छटाक् से रसगुल्ला बाहर आ गया ।

यह घटना जिसने भी सुनी, लहालोट हो गया । किसी ने कपार पीटकर कहा– "जा रे बैला !" कोई अचरज से बोला– "साले को ओही जगह मिला था !" किसी को घिन से उबकाई आने लगी ।

और बासदेव की प्रतिक्रिया ? बाप रे ! महाभारत में कृष्ण ने अपना विराट रूप दिखाया था, उस दिन मुहल्ले ने बासदेव का विराट रूप देखा । विराट

और विकराल रूप ! जैसे बवंडर नाचता है, वह मुहल्ले में बैला को खोजता हुआ ऐसे नाचता रहा और ऐसे प्रचंड आवेग से छनौटा भाँजता रहा, जैसे सृष्टि के सारे फूल-पत्ते, सारे ग्रह-नक्षत्र-पिंड, आकाश-पाताल आज ही झाड़ देगा ।

उसके आगे बैला दूसरे दिन प्रकट हुआ । कहने की जरूरत नहीं कि एक-एक रसगुल्ले की उसे भारी कीमत चुकानी पड़ी ।

तब इन चीजों में मुझे भी कम आनंद नहीं आता था । मगर यहाँ यह भी बता दूँ, जो इस प्रसंग में एक दुःखद तथ्य है, कि एक रोज बैला कहीं गायब हो गया । शुरू-शुरू में तो लोगों ने यही सोचा कि कोई गलती करके बाप के डर से कहीं छुपा होगा या किसी रिश्तेदार के यहाँ भाग गया होगा, दो-तीन रोज में लौट आएगा । मगर वह नहीं लौटा और कभी नहीं लौटा । जाने कहाँ गया ! जाने उसका क्या हुआ ! डरपोक था, इसलिए खुदकुशी तो उसने की नहीं होगी । सामने इसकी कोई वजह भी नहीं थी । सो मुहल्ले के कुछ अनुभवी लोगों का अनुमान था कि वह मानव-अंगों की तस्करी करनेवाले किसी गिरोह के चंगुल में फँस गया । उन दिनों ऐसे गिरोहों के सक्रिय होने की खबरें खूब फैली थीं और उनको लेकर मुहल्ले का माहौल थोड़ा सतर्क और सहमा हुआ भी रहता था, जिसे देखते हुए ऐसे किसी अनुमान को नकारा भी नहीं जा सकता था ।

उन गिरोहों का हम पर भी कम आतंक न था । 'ठग्गिन बुढ़िया', 'लड़िकधरवा' और 'लकड़सुँघवा'-जैसे उस आतंक के हमारे लिए कई नाम थे, जो हमें एकांत और अँधेरे से लेकर नींद तक में डराते थे ।

बैला के हाथ-पाँव लंबे, बेडौल थे । दाँत पीले और गंदे । चाल किसी आदिम इंसान की तरह । मंदबुद्धि तो था ही । पर था तो वह भी एक जीवन । वह जीवन दुनिया के किस खोह में विलीन हो गया ?

आज उसकी याद आँखों में एक शून्य रचती है और कलेजे में भरती है उसकी घोंघियाती आवाज । ऐसी आवाज जो आवाज की प्रेतछाया-जैसी थी । कराहती आवाज । वह आवाज कहाँ खो गई ?

और बासदेव ! आज उसकी मौत के अनेक बरस बाद जब उसे याद करता हूँ तो याद आती है आग में झुलसी उसकी देह और दमघोंटू धुआँते माहौल में असहाय ताकती उसकी कमजोर धूसर, विस्फारित आँखें । आज ये चीजें मेरे मन को एक गहरी उदासी और विह्वलता से भर देती हैं ।

अब उसकी गद्दी पर फेंकन बैठता है और दुकान चलाता है । कभी जाता हूँ तो मना करने के बावजूद, जबरदस्ती करके चाय-नाश्ता करा देता है ।

पैसा देकर रह जाता हूँ, नहीं लेता। आज उसके ग्राहक बदल गए हैं, फर्नीचर से मीनू तक काफी कुछ बदल गया है...

पर चूल्हा वही है!

वही आग, वही धुआँ!

## सात

"ए बच्चा सब! हटो!... राहे अवरुद्ध कर दिहिस!"

कन्या मध्य विद्यालय में मेरे क्लास टीचर वीरान मस्तक पर लहराती लंबी खड़ी चुटियावाले माधो मिसिर थे। उनका 'गगनमुखीशिखामंडितमुंड' देखकर विद्यार्थियों का दिल खिला रहता था और जब वे पढ़ाते थे, उनकी अर्थापन-पद्धति और कथन-शैली देखकर विद्यार्थियों के खिले दिल और भी खिलखिला उठते थे। वे हिंदी पढ़ाते थे और खड़ी बोली की गाड़ी को गाँव के ठेठ लहजे के लहरदार पथ पर उन्मुक्त दौड़ाते थे।

"तब का हुआ कि सूरदासजी बिहँसके जसोदाजी को अप्पन करेजा से लगा लिहिन!" पहले ही रोज जब उन्होंने 'मैया मैं नहिं माखन खायौ' पढ़ाते हुए उसकी अंतिम पंक्ति का यह अर्थ बताया तो मैं समझ गया, विद्यार्थियों में उनकी ख्याति अकारण नहीं है। मुझे याद है, यह वाक्य कहते हुए उन्होंने बड़ी ही भावपूर्ण मुद्रा में अपने हाथों को जोड़कर कलेजे पर रख लिया था। यह भी खूबी थी उनकी। उनका अध्यापन साभिनय होता था। 'तब का हुआ कि' उनका तकियाकलाम था।

"तब का हुआ गुरजी?"

विद्यार्थी उन्हें 'गुरजी' कहते थे और अपनी शरारतों से उन्हें उकसाते भी रहते थे, ताकि वे कुछ बोलें तो मजा लिया जा सके। उनका नाम तो माधो मिसिर था ही, वे खुद भी 'मधु-मिसरी' की जीवंत आदमकद प्रतिमा थे।

"तब का हुआ बच्चा सब कि अर्जुनजी और कर्नजी में जुद्ध मच गिहिस! एन्ने से अर्जुनजी तीर छोड़ते थे और ओन्ने से कर्नजी तीर छोड़ते थे! लगा तीर पर तीर छुटने! एकदम ओही द्रिस था—तीरन से काटे तीरन को! घमसान जुद्ध होए लगिस! एही परसंग में न तुलसीदासजी कहिन हैं कि..."

"पर गुरजी! ई तो बेदब्यासजी कहिन हैं... महभारत में..."

"बेदब्यासजी कहिन हैं तो का हुआ बुरबक? भगत-भगत में भेद नहीं

करना चाहिए ! जइसे बेदब्यासजी, ओइसे तुलसीदासजी ! समझे कि नहीं ? हर बात में अगर-मगर मत बतियाओ !... ई जानते हो कि अर्जुनजी के रथ के सारथी कौन रहिन ? नहीं जानते हो तो जान लो ! मरजादा पुरसोत्तम भगवान सिरी कृस्न !... का पूछे ? रथ का होता है ? जाओ रे सुलिंदर ! तुम सच्चो में चउपाट हो ! अबले ई भी नहीं बूझे कि रथ का होता है ! मुन्नर दास का टमटम देखे हो ? बस ओही समझ लो ! जइसे मुन्नर दास टमटम के आगे बइठके चाभुक भाँजता है, ओही काम समझ लो कृस्नजी करते रहिन ! और कृस्नजी सरबग्यानी रहिन ! सब जानते रहिन ! एहू जानते रहिन कि कर्नजी अर्जुनजी के सहोद्दर भाई हैं ! मगर एक्को बार ऊ अर्जुनजी से नहीं कहिन कि अर्जुन, कर्न तुम्हरा सहोद्दर भाई है ! ऊ कुटनिटिस चाल चल दिहिन !"

"अरेत्तोरी !"

"तब का हुआ कि कर्नजी का पहिया... अरे हँ-हँ, ओही, कर्नजी के रथ का पहिया... गबरे में फँस गिहिस !"

"अरेस्साला !"

"तब का हुआ कि कृस्नजी अर्जुनजी को ललकारके कहिन कि अर्जुन, अरे तुम देखता का है टुकुर-टुकुर... मारके उल्टा दो स्साले को !"

मुझे याद आता है, यह वाक्य कहते समय उन्होंने अपना बायाँ पाँव आगे करके दाएँ पाँव का घुटना जमीन पर रोप दिया था और हाथों का संचालन इस भंगिमा में किया था जैसे बाण का संधान कर रहे हों ।

"तो एन्ने से अर्जुनजी मंतर मारके बान मारिन और ओन्ने कर्नजी का खेला खत्तम ! वाह बच्चा ! कम्माल कर दिया !... कृस्नजी परसन्न होके कहिन... बड़ा पकिया निसाना लगाया अर्जुन ! जियो बच्चा ! खूब तरक्की करो !..."

गुरजी को जहाँ-तहाँ से कुछ काव्य-पंक्तियाँ भी याद थीं, जिन्हें वे पढ़ाने के दौरान बाजरूरत या बेजरूरत तोड़-मोड़कर उद्धृत करते चलते थे ।

"एही परसंग में न सूरदासजी कहिन हैं कि पोथी पढ़के जग मुआँ, पर पंडित हुआ न कोई, मगर अढ़ाई अच्छर प्रेम का पढ़ लिया तो पंडित होई..."

"पर गुरजी ! ई तो कबीरदासजी कहिन हैं... तिसरा किलास में..."

"कबीरदासजी कहिन हैं तो का हुआ बुरबक ? भगत-भगत में भेद नहीं करना चाहिए ! अरे जइसे कबीरदासजी, ओइसे सूरदासजी ! हर बात में अगर-मगर मत बतियाओ और टँगड़ी मत घुसाओ ! समझे कि नहीं ?..."

तो ऐसे थे गुरजी, हमारे क्लास टीचर !

उनके अलावा जो शिक्षक थे, वे विद्यार्थियों को रास नहीं आते थे, क्योंकि उनमें वह रस नहीं था ।

विज्ञान के शिक्षक ऐसे पढ़ाते थे जैसे छात्र उनके दुश्मन हों और वे मेज के परकोटे के पीछे से ज्ञान के बाण और तर्क के तीर उनके हृदय पर चला रहे हों । समाज विज्ञान के शिक्षक का हाल इसके विपरीत था । उनके क्लास में बच्चे उन पर बुरी तरह हावी हो जाते थे, उन्हें चारों ओर से पूरी तरह घेर लेते थे और उनकी हालत दुश्मनों से घिरे किसी असहाय योद्धा-जैसी हो जाती थी ।

संस्कृत के शिक्षक ऊब और जम्हाई के जनक थे । उनके आते ही पूरा क्लास ऊँघने लगता था । यह भाषा किसी की समझ में आती नहीं थी और इसके बारे में हमारा सामूहिक अनुभव यह था–

जलम जलानी पठम पठानी
संसकिरत हमको नहिं आनी
इम्तिहान में अंडे पानी
मास्टरजी के डंडे खानी ।

और सामूहिक दर्शन यह–

संस्कृत पढ़तम तो भी मरतम
जो न पढ़तम तो भी मरतम
काहे दाँत
खटाखट करतम ?

हेडमास्टर साहब खुद अँगरेजी पढ़ाते थे, बात-बात पर क्या छात्र और क्या शिक्षक, सबको उपदेश देते या डाँटते-फटकारते नजर आते थे । शायद इसी कारण पीठ पीछे उन्हें हर कोई 'हेडेक मास्टर' कहकर अपनी भड़ास निकालता था ।

सिर्फ गुरजी थे, जिनकी बात से डाँट तक हर चीज शक्कर की डली थी– "तब का हुआ बच्चा लोग, कि कृस्नजी सोदामाजी के गोड़ अप्पन लोर से धो दिहिन..."

"अरेत्तोरी के ! एत्ता लोर ! आँख आइस था का गुरजी ?"

"चौप् खटबानर ! देखता है सटकी ? मारके चुत्तर फोड़ देंगे !"

## आठ

मारके चुत्तर फोड़नेवाला मुहावरा मुहल्ले में एक और आदमी से सुना था ।

मुन्नर दास से ।

कोई रथी–महारथी नहीं । टमटम–चालक मुन्नर दास ।

भूरे रंग की मरियल, खलगिदड़ी घोड़ी से जुते टमटम पर सवार जब वह लड़कों के सामने से गुजरता, तो लड़के जोर–जोर से गाने लगते– "दू पइसा में घोड़ी किनली, ओहू घोड़ी लँगड़ी..."

वह चिढ़कर हवा में चाबुक फटकारता, लड़कों को चेतावनी देता– "देखता है चाभुक ? मारके चुत्तर फोड़ देंगे !"

मुन्नर की शक्ल–सूरत कमाल थी । असाधारण । आप एक बार देख लें, तो जीवनभर न भूलें । उसका थूथन आगे को निकला हुआ था । वह घोड़मुँहा था । बल्कि कहना चाहिए, गदहमुँहा । चूँकि कद–काठी से वह छोटा और लद्दू किस्म का था, इसलिए उसकी तुलना घोड़े की अपेक्षा गदहे से अधिक उपयुक्त होगी । सामान्य स्थिति में भी उसका बड़ा–सा, बदबूभरा मुँह खुला ही रहता था और जब बोलता था, तो सामनेवाले का चेहरा थूक के सफेद झागदार फुहारों से भर देता था ।

ताड़ी का उसे घोर चस्का था । उसी के होने से उसके जीवन में सरसता थी, सार्थकता थी । सकल पदारथ से पटा यह जग जिस चीज के बगैर उसके लिए निस्सार था, वह थी ताड़ी ।

"ऐ ! ताड़ी नहीं, तड़कुलारिष्ट कहो !" वह हिदायत देता था और खुद को 'बादशा' समझता था–

ताड़ी पीए बादशा, बीड़ी पीए चोर
खइनी खाए चूतिया, थूके चारों ओर...

ताड़ी को लेकर उसकी नियम–निष्ठा घर से घाट तक और हाट से बाट तक प्रसिद्ध थी ।

मुहल्ले से स्टेशन चौक की दूरी पाँच मील थी । इसी बीच उसका टमटम चलता था, जो मुहल्ले में इकलौता था और दिनभर में दो से तीन चक्कर मारता था । रास्ते में ताड़ी की कई दुकानें थीं, जिनके दुकानदारों से उसकी खूब छनती थी और जिन्हें वह नित्यप्रति सेवा का अवसर प्रदान करता था । उसकी इस

खासियत से उसके मुसाफिर भी वाकिफ थे और इसे अपनी टमटम-यात्रा का हिस्सा मान चुके थे ।

टमटम चलाते, चाबुक फटकारते वह अक्सर 'पाकीजा' फिल्म के एक गाने का मुखड़ा अपने अंदाज में गा उठता था–

मौसम है आसिकाना
पीछे है पासिखाना, आगे है पासिखाना
मौसम है आसिकाना...

गाते वक्त उसका थूथन और भी आगे को निकल जाता था, मुँह से थूक-फेन के फुहारे और भी ज्यादा फूटने लगते थे ।

"आट्ठामे !"

किसी भी ताड़ी-दुकान के पास अचानक टमटम रोक देता और अपने मुसाफिरों से कहता– "आते हैं, भइबो, तनि टंकी में पेटरोल भरके !"

चौड़ा मुँह फाड़कर, पीली बत्तीसी और फेन से बजबजाते कत्थई सड़े मसूड़े दिखाकर हँसता– "हे भइबो ! बिना पेटरोल के गड़ी कइसे चलेगा ?"

पीने के बाद डगमगाता हुआ लौटता । और इतना गँधाता हुआ, जैसे ताड़ी पीकर नहीं, उससे नहाकर लौट रहा हो । आकर अपने मुसाफिरों को संबोधित करके एक चालू मुहावरे को अपने अंदाज में कहता–

जब तलक है जिन्नगी
फुरसत न होगा काम से
कुछ समै अइसा इकालो
भेंट कर लो सिरी राम से...

"राम माने का बूझे, भइबो ?" नशे में झूमकर कहता– "राम माने ताड़ी !"

उक्त मुहावरे की रचना जिस किसी ने भी की हो, उसने सपने में भी यह नहीं सोचा होगा कि मुन्नर दास नामक कोई प्राणी उसकी रचना के 'मेन कंटेंट' के साथ कभी ऐसा सुलूक करेगा !

कबीर ठीक कह गए हैं– "रामनाम को मरम है आना ।" इस दुनिया में सबके लिए रामनाम के अलग-अलग मर्म हैं । सबके 'अपने-अपने राम' हैं ।

एक तो मुन्नर दास की बातें मजेदार होती थीं, दूसरे उसका अंदाजे-बयाँ भी और था ! इसलिए लोग उसे उकसाते रहते थे कि वह कुछ बोले और सबका

मनोरंजन हो । उसे देखते ही लोगों के मन में 'बतरस-लालच' जोर मारने लगता था ।

जब उससे पूछा जाता– "का हो, मुन्नर ! हियाँ अपने ठहियाँ कै ठो ताड़ी के दोकान है... तो हियईं काहे नहीं पीते जो हुआँ पीते हो ?"

तो उसका जवाब होता– "हुआँ का माल टंच रहता है, भइबो ! एकदम हाई कलउटी ! हियाँ बहुत फेंटफाँट है ! निरंग पानी ! हरहर गंगे !"

फिर स्वीकार करता– "पर मेन बात तो ई है, भइबो, कि हियाँ जनाना का खतरा है ! ऊ जदि देख लेगा त मूड़िए पर लबनी फोड़ देगा !"

पर सब जानते थे कि मुन्नर दास अपनी पत्नी के आक्रामक नशा-विरोधों के बावजूद अपने इच्छित जीवन-पथ पर अबाध रूप से अग्रसर होता रहा था । न किसी बाधा के आगे रुका था, न किसी संकट के सामने झुका था ।

जो आदमी अपनी शादी के दिन भी अपने 'पानप्रण' पर प्राणपण से अडिग रहा था, वह शादी के बाद क्या डिगता !

हाँ ! उसकी शादी का वाकया भी कमाल था !

मुहल्ले से तीन कोस पूरब, बिद्दूपुर गाँव में उसकी शादी तय हुई ।

वैसे यह भी बता दूँ कि यह शादी उसे देखकर तय नहीं हुई । उसकी घोड़ी देखकर तय हुई । उसका मुँह देखकर तो लड़कीवाले उठकर जाने लगे थे । वो तो शुक्र है कि ऐन वक्त उन्हें घोड़ी दिखा दी गई– "ई देखा जाए, सिरमान ! लड़िका का घोड़ी ! लड़िका कमासुत है ! टमटम चलाता है !"

शादी के दिन मुन्नर दास सज-सँवरकर—नया-नया कुरता-पाजामा पहनकर, कंधे पर नया तौलिया रखकर, आँखों में काजल और ललाट पर तिलक-चंदन रचाकर, पान की गिलौड़ी गुलगुलाते हुए मुँह को रुमाल से ढँककर—पालकी पर बैठा ।

बरात चलने को हुई । कहारों ने पालकी उठाई ।

तभी पीछे से मुन्नर दास के पिता सिपूजन दास चिल्लाए– "अरे, खड़खड़िया में सैंठ मारा कि नहीं ?"

वे पालकी को खड़खड़िया कहते थे । मुहल्ले में उसका चलंत नाम यही था । अपने सवाल का जवाब 'नहीं' में पाकर उनका फरमान हुआ– "पहिले सैंठ मारो, तब बराती इकलेगा !"

कहारों ने पालकी नीचे रख दी । सिपूजन दास का फरमान बजाया गया । फिर बरात चली । पालकी के पीछे-पीछे तुरही बजानेवाले चल रहे थे,

शादीवाली फिल्मी धुनें एक के बाद एक पिपियाते हुए–

डोली पे होके सवार
चला है दूल्हा यार
कमरिया में बाँधे तलवार
अकड़ता है छैला
मिली है ऐसी लैला
कि जोड़ी है नहले पे दहला...

बीच-बीच में लोग फरमाइश भी करते– "ए बाजा मास्टर ! ऊ वाला गाना बजाओ... ऐ देस है बीर जबानों का..." और अपने ही फरमाइशी गाने के शब्द कहते हुए मटकने लगते ।

और तुरही पिपिया उठती– "पेंपें-पेंपें-पें-पेंपेंपें..."

वह बैसाख का महीना था । बरात दोपहर में निकली थी । गरमी काफी थी । धूप चिलचिला रही थी । मानो सूर्य देवता ताप के तुंगशृंग पर चढ़कर ज्वालाओं का विकराल जाल बरसा रहे हों !

तुरही बजवैयों ने जब 'आज मेरे यार की शादी है' वाली धुन छेड़ी, तो राह में गरमी से पटपटाए एक राहगीर ने भुनभुनाकर गाली दी– "ई कुबेर में कौन सार के सादी है ?"

बैसाख का महीना ताड़ी-प्रेमियों के लिए बहार का महीना है, क्योंकि इसमें अन्य महीनों की अपेक्षा ताड़ से रस इफरात में निकलता है और ताड़ी सस्ते-सुभीते में सुलभ होती है । असली हीरे में कैसी चमक होती है, यह हर जौहरी को मालूम नहीं; सहस्त्रार से टपकते रस में कैसा आनंद होता है, यह जान पाना हर साधक के भाग्य में नहीं; पर 'बैसक्खा' में कैसा रसास्वाद होता है, यह हर ताड़ी-प्रेमी जानता है !

"ऐ डोली मास्टर ! तनि डोली रोकिहो !..."

बरात जब बीच राह में पहुँची, तो मुन्नर दास ने कहारों से छाँह देखकर रुकने को कहा– "बइठल-बइठल कम्मर टेढ़ हो गेआ ! तनि सोझ कर लें तो चलिहो ! तू सब भी तनि छहाँ लो !..."

दूल्हे की बात न मानना नाफरमानी की बात होती और बेअदबी की मिसाल समझी जाती, इसलिए कहार रुक गए । राह के किनारे एक पेड़ की छाँह देखकर उन्होंने पालकी रख दी ।

"आस्ते-आस्ते, ओस्ताद ! हचका बचाके !"

मुन्नर दास अधीरता से पालकी से उतरा—शुतुरमुर्ग की तरह गरदन उठाए, उसे उल्लू की तरह चारों ओर नचाते हुए । उसने चील-आँखों से देख लिया, उसकी रसनिष्पत्ति का आलंबन-उद्दीपन एक ओर झलक रहा था—गाछी की घनी हरियालियों के पीछे से झाँकती एक ताड़ी की दुकान !

उसका मन चाँद को देखते चकोर की भाँति खिल उठा ।

मगर सिपूजन दास ने जब देखा कि निर्धारित पड़ाव के पहले ही पालकी रोक दी गई है, जिस कारण बरात भी ठमक गई है, तो एकबारगी उनके दिमाग की लाल बत्ती जल उठी— ऐं ! बिसराम के बेबस्था तो रहिमापुर में किया हूँ ! ऊ हियाँ से आध कोस आउर है ! फिर हियाँ काहे रोकिस ?

किसी अनिष्ट की आशंका ने उनके मन की खतरे की घंटी बजा दी । वे मुन्नर की देहभाषा देखकर उसकी नीयत का मजमून भाँप गए और क्रोध-क्षोभ से लहराते उस पर बरस पड़े— "का बिचार है तुमरा ? खड़खड़िया काहे रोकवाया ? ई चौर-चाँचर में अलुआ चोंथेगा, स्साला ? हियाँ काहे रोकवाया ? बाप के बथान है ? सब बूझता हूँ, कौन फिराक में है ! मूरुख-चउपाट बूझा है ?... नहीं, नगीना भाई ! हटिए, छोड़िए, छोड़ दीजिए ! बेफालतू के नहीं बमका हूँ । आन्हर हूँ ? सारा नटखेला ताड़ी ला कइले है स्साला ! कइसा तड़पीबा करम में लिखाया था, हो भाई ! एक्को टैम बरदास नहीं खाता है !... नहीं, भाईजी ! कह दीजिए, इसी टैम बइठ जाए खड़खड़िया में, नहित्तो..."

वे क्रोध के आवेग से उछल रहे थे ।

अपने हाथ में आए सुनहरे मौके को इस तरह जाते देख मुन्नर दास ने खुद को सँभाला । उसने अपनी आस के उखड़ते पैरों को अक्ल की जमीन पर जमाया और पितावाली ध्वनि-तरंग और तीव्रता के स्तर का निर्वाह करते हुए पलटवार किया— "नटखेला हम कइले हैं ? नटखेला तो खुद्दे कइले हैं ! सगरो समाज का लोग छ्छात देख रहा है ! बिन बात के नाच रहे हैं !... देखिए, चच्चा ! समझा दीजिए इनको ! बेफालतू के साला-साला कइले हैं ! हिनकर डर से आदमी दिसा-मैदान छोड़ देगा ? ई सब चीज कहीं खेपाता है ? ई कौन नटंगी हुआ !"

उसने तुरुप का पत्ता चला ।

नगीना दास ने सिपूजन दास को समझाया कि मुन्नर को दिसा-मैदान जाना है । जर-जमान लइका को अइसे डाँटना भलमनसी के बात नहीं है । और

आज तो उसका बिआह है । बस जाएगा और दू मिन्ट में आ जाएगा ।

सिपूजन दास बेटे की रग-रग से वाकिफ थे । उनकी आत्मा उसे जाने देने की गवाही नहीं दे रही थी । मगर 'दिसा-मैदान' वाली वजह के आगे वे विमूढ़ और लाचार हो गए । धड़कते कलेजे पर आशंका का भारी पत्थर रखकर उन्होंने उसे जाने दिया । वह गया और 'गाछी की घनी हरियालियों के पीछे' जाकर गुम हो गया ।

करीब घंटेभर बाद वह लौटा--दिल हरा, आँखें लाल किए; डगमगाता, एक डग 'बुध' पर तो दूसरा 'यम' पर रखता-आया और पालकी पर आकर लुढ़क गया । बरात में हलचल मच गई ।

"अइसा कब्भी नहीं हुआ !..."

"टोला का मरजाद बुड़ा दिहिस !..."

"कइसा तड़पीबा है हो बाप !..."

सिपूजन दास का चेहरा स्याह पड़ गया । उन्होंने भयभीत निगाहों से नगीना दास का हतप्रभ चेहरा देखा और बीच सड़क पर माथा पकड़कर बैठ गए ।

इसी सबमें इतना वक्त बर्बाद हो गया कि रहिमापुर में विश्राम का तयशुदा कार्यक्रम रद्द करना पड़ा ।

बरात देर शाम बिद्दूपुर पहुँची । लड़कीवालों ने औकात से ज्यादा व्यवस्था कर रखी थी । बिजली-बत्ती, झाड़-फानूस, छोटा-सा शामियाना और शहनाई-वादक... काफी कुछ था । एक माइक भी था, जिस पर औरतों का गान चल रहा था-

टमाटर अइसन गाल राजा, छूने न देंगे
छूने न देंगे, छूने न देंगे
कोरी चुनरिया दाग लगने न देंगे
लगने न देंगे, लगने न देंगे
अंदर कोठरिया राजा, घुसने न देंगे
घुसने न देंगे, घुसने न देंगे...

बरात में आए ज्यादातर लोग या तो भोजनप्रेमी थे या भुक्खड़-दुक्खड़, जो तर माल उड़ाने की आस में चले आए थे । वे सात-आठ घंटे से भूखे-बेहाल, पैदल चलकर थके-हारे थे, मगर उन्हें अब इस बात की खुशी थी कि घंटाभर

पहले मुन्नर को होश आ गया था और अब सब कुछ सही होनेवाला था ।

इधर मुन्नर को होश आ तो गया था, मगर माथा उसका नाच रहा था और जी हुलिया रहा था । द्वारपूजा से पहले शहनाइयों और तुरहियों की जुगलबंदी पर जब उसके भाई-बंधु नाचने लगे, तब उसका यार रमेशलाल उसके पास आया और अपने साथ नाचने की जिद करने लगा । रमेशलाल कलकत्ते की एक लेदर-फैक्ट्री में काम करता था और खास उसी की शादी 'अटेंड' करने को छुट्टी लेकर आया था । उसकी इच्छा को टालना मुन्नर के लिए संभव नहीं हो सका । वह पालकी से लड़खड़ाता उतरा और बिना कील के लट्टू की तरह नाचने लगा । मगर नाचने से उसका माथा और तेजी से नाचने लगा और जी और बुरी तरह हुलियाने लगा । रमेशलाल ने वापस लाकर उसे पालकी पर बैठा दिया ।

सिपूजन दास का हाल यह था कि वे शादी का सारा मामला भगवान-भरोसे छोड़कर निर्लिप्त-से हो गए थे और इस तरह आचरण कर रहे थे, जैसे किसी और की शादी में धोखे से चले आए हों । इसके विपरीत, बरात के लोगों का धैर्य अब चुक रहा था और वे चाह रहे थे कि जल्दी से जल्दी द्वारपूजा की रस्म अदा हो और खानपान का कार्यक्रम उनकी टूटती देहदशा में नए प्राण फूँक दे ।

परिछन के समय सजी-सँवरी पंद्रह-बीस औरतों ने घर के अंदर से निकलकर मुन्नर दास को घेर लिया । उनके साज-सँवार का प्रकाश सबकी आँखों में दमकने लगा । वे गा रही थीं । उनके गीत-नाद का रस सबके कानों में समा रहा था—

रघुबर के नैना रसीले हो
परिछन चलू आली...

उनमें दूल्हे को देखने की होड़ मची हुई थी । पर दूल्हे के पेट में कैसा चक्रवात उठा हुआ था, उसके जी में कैसी उथल-पुथल मची हुई थी, इससे वे बिलकुल अनजान थीं । उन्होंने परिछन शुरू किया—मुन्नर दास के ललाट पर दही-अक्षत का टीका लगाया, उसके ऊपर बारी-बारी से मूसल और बट्टा घुमाया, और जैसे ही उन्होंने उसकी आरती उतारने के लिए फूल, रोली, दही, अक्षत और दीपक से सजे थाल को आगे बढ़ाया, कि उसने उसी में उलटी कर दी !

जैसे तूफान चलने से बादलों के दल फट जाते हैं, उस दृश्य को देखकर औरतों का गोल फट गया । सारा बिध-ब्यौहार छोड़कर और परिछन की सारी सामग्री पटककर वे नाक-मुँह सिकोड़ती हुई भागीं । लोग स्तब्ध रह गए ।

बाजे-गाजे बंद हो गए। मातम छा गया। खुशियों के चहचहाते घोंसले पर सहसा जैसे वज्रपात हो गया हो!

मुन्नर का जी अब हलका हो गया था। वह अपनी जगह बैठा इस इंतजार में था कि शादी की रस्म फिर से शुरू हो। उसी समय सामने से लड़की के पिता आए। घबराहट, शर्म, क्रोध, शोक और उत्तेजना के कई भावों के घाल-मेल से उनका कसेली-सा चेहरा पहले से ज्यादा कुरूप हो गया था। आते ही उन्होंने दो तमाचे मारे—मुन्नर को नहीं, अपने दोनों गालों पर दो तमाचे—फिर फफककर रोते और काँपते हुए, नई पीली धोती से आँसू पोंछते हुए अंदर चले गए।

फिर खानपान हुआ... और शादी हुई!

गौने के बाद पत्नी घर आई। यहाँ जब उसने मुन्नर को टकही दर टकही गटकते देखा, तो रोक-झोंक शुरू की।

मुन्नर को यह 'रसभंग' अच्छा नहीं लगा।

पहली बार उसने ज्ञान दिखाया—"अग्यानी जइसा मत बोलो! ई देखो, संत लोग का कहिन हैं—

ताड़ी है जगतारनी, जस गंगा का नीर।
हिच्छाभर नित्तम पियो, उत्तम रहत सरीर॥"

दूसरी बार उसने घोड़ी दिखाई—"तोसें अच्छा तो ई है! एकरा आगे अबले केत्ता पी गेआ, एक्को बार दिस-दैट नहीं किहिस!"

और तीसरी बार उसने चप्पल दिखाई—"ई देखता है? मारके मूँ चौरस कर देंगे!"

पर उसके चप्पल दिखाने पर पत्नी अधवार ईंट उठाकर उसकी ओर दौड़ी। इस अप्रत्याशित हमले से भौचक मुन्नर ने चप्पल फेंक दी और दोनों हाथ उठाकर चीखा—"बाप रे! कपार फूट जाएगा!"

इस घटना के बाद मुन्नर ने चप्पल दिखाना छोड़ दिया...

पर पीना नहीं छोड़ा।

असल में मुन्नर का बिछोह जीवन में किसी से नहीं हुआ—न ताड़ी से, न नारी से, न गाड़ी से...

एक घोड़ी को छोड़कर!

उससे भी उसका बिछोह नहीं होता। वह तो 'गाँधी सेतु' शुरू होने से हुआ।

सन् बयासी के मध्य में, हाजीपुर-पटना के बीच, गंगा नदी पर जब यह सेतु बनकर तैयार हुआ और उस पर यातायात की शुरुआत हुई, तो उसके उत्तरी सिरे पर मौजूद हमारे मुहल्ले और उसके आसपास के परिदृश्य में कई चीजें देखते-देखते शुरू हो गईं । काटकर बिसबिसा देनेवाले बड़े-बड़े पटनिया मच्छरों का आना । जान देने के लिए जहर खाने, कुओं या बावरियों में कूदने के बदले सेतु से कूदना । मुहल्ले को चीरते हुए रिंगसर्विस बसों, दूसरी गाड़ियों और देशभर की भारी मालवाहिनी ट्रकों का दौड़ना-भागना । उनका सड़क पार करते बेशऊर लोगों को कुचलना, अक्सर आपस में भिड़ना और कभी-कभी सेतु की रेलिंग तोड़कर करीब चार सौ फीट नीचे गिरना । फिर खून ही खून, लोथड़े ही लोथड़े, मीडिया ही मीडिया, पुलिस ही पुलिस...

दिन-रात टींटीं-पोंपों, हड़हड़-खड़खड़, सायँ-सायँ, काँय-काँय...

मुहल्ले का चैन घटने लगा, नींद उचटने लगी ।

पहले हाजीपुर के परचूनियों और आढ़तियों का माल नावों और स्टीमरों पर लदकर पटना सिटी से आता था, जो उस समय वैशाली और पटना सहित तिरहुत, पटना और मगध प्रमंडल के कई जिलों की सबसे बड़ी राशन-मंडी था और कमोबेश आज भी है ।

अब माल सेतु के रास्ते टमटमों पर आने लगा । व्यवसायियों के लिए यह काफी सस्ता-सुभीता हो गया । नदी के रास्ते लाने में कम से कम तीन बार साधन बदलना पड़ता था और इसमें मशक्कत इतनी पड़ती थी कि जान निकल जाती थी । इधर टमटम-चालकों के भी दिन फिर गए और बहार आ गई । दिनभर सवारी ढो-ढोकर वे आठ-दस रुपए भी कमा लें, तो बहुत था । अब सिटी मंडी से एक बार माल लादकर हाजीपुर पहुँचाने के उन्हें पंद्रह से बीस रुपए मिलने लगे ।

ऊपर से पटने की सैर, गाँधी सेतु की हवा और गंगा मइया के दर्शन !

मुन्नर ने भी यही राह पकड़ी और एक दिन में दो-दो फेरे करने लगा । उसने टमटम की छतरी हटा दी, जिससे ज्यादा से ज्यादा माल लादकर ज्यादा से ज्यादा भाड़ा कमा सके । जो घोड़ी छः से सात सवारी होने पर लड़खड़ाने लगती थी, उस पर ढाई-ढाई मन के दस-दस बोरे लदने लगे ।

लेकिन यह कब तक चलता ? सरदी की एक शाम दूसरे फेरे में लौटते हुए बीच सेतु पर उसने हाड़-गोड़ छितरा दिए । मुन्नर ने बहुत चाबुक फटकारा, बहुत जोर लगाया, बहुत जतन किया, लेकिन वह नहीं उठी तो नहीं उठी । हारकर

मुन्नर ने सारा माल एक दूसरे टमटम पर लदवाकर भिजवाया और अपना टमटम खुद खींचकर लाया । लोगों के पूछने पर कह दिया—घोड़ी मर गई ।

लेकिन लोग बताते हैं कि घोड़ी कई रोज बाद मरी । कमर टूट जाने के कारण कई रोज वहीं पड़ी घिसियाती रही और मरने के बाद भी दिनों तक पड़ी रही । बीच सेतु पर मरने के कारण हाजीपुर नगरपालिका और पटना नगर निगम दोनों ने उसकी जिम्मेदारी से पल्ला झाड़ लिया । अंत में प्रशासन द्वारा उसे उठवाकर नीचे गंगा में फिंकवा दिया गया ।

मुन्नर ने कुछ जोड़-जुगाड़ करके सोनपुर मेले से एक घोड़ा खरीद लिया ।

जिस घोड़ी की कमर टूट जाने पर उसने कोई सुध नहीं ली और मरने को छोड़ दिया, कभी उसे ही 'लँगड़ी' कहने पर वह चाबुक फटकारने लगता था !

कभी उसी को दिखाकर और दुलारकर उसने गौने के बाद पत्नी से कहा था— "ई देखो, तुम्हरा सउतिन !"

## नौ

सरफराज मेरा सहपाठी था । मैं देखता था कि उससे हिलने-मिलने में क्लास के लड़के ज्यादा दिलचस्पी नहीं दिखाते थे । क्लास में उसकी मौजूदगी किसी अनचाहे इंसान-जैसी थी । किसी जतकटुए या भतकटुए-जैसी । वह क्लास में अकेला मुसलमान था और उसके साथ क्लास में क्या, स्कूल-भर में दूसरे दरजे का बरताव किया जाता था । इसकी वजह थी मुहल्ले के हिंदुओं के मन में बैठी वह निषेधात्मक धारणा, जिसके तहत मुसलमान संबंध रखने और भरोसा करने लायक नहीं थे । प्रायः हर हिंदू घर में लड़कों को यह समझाया जाता था कि किसी 'मियाँ-टियाँ' को अपना दोस्त नहीं बनाना है । अगर वे खाने-पीने की कोई चीज दें, तो भूलकर भी हाथ नहीं लगाना है । वे हमेशा इस फिराक में रहते हैं कि कब हमारा धर्म भ्रष्ट करके हमें भी मुसलमान बना दें । खाने-पीने की चीजों में गाय की चर्बी वगैरह मिलाकर खिला-पिला देते हैं । वे गाय खाते हैं । घातक हथियार रखते हैं, ताकि समय आने पर हमारा कत्लेआम कर सकें । क्या गाय और क्या इंसान, वे किसी की भी गरदन पर छुरा चलाने में, किसी को भी हलाल करने में एक पल को भी नहीं हिचकते । ऐसों पर भरोसा करना जान

जोखिम में डालना है और गलती से भी उनकी मियाँटोली में गए, तो गए काम से... आदि-आदि ।

सरफराज क्लास में सबसे पीछे की बेंच पर अकेला बैठता था । दाखिले के बाद से मैं उसी के साथ बैठने लगा । इसकी दो वजहें थीं । एक तो यह कि मैं उसे पहले से जानता था, उसके साथ मदरसे में चार साल पढ़ चुका था, और दूसरी यह कि उसे छोड़कर क्लास के बाकी सभी लड़के कमोबेश उजड्ड थे, पढ़ाई-लिखाई में कम, इधर-उधर की बातों में ज्यादा मन लगाते थे, आपस में मार-धाड़ करते थे, छुप-छुपाकर बीड़ी वगैरह आजमाते थे, कापियों, बेंचों और शौचालय की दीवारों आदि पर गंदी-गंदी तसवीरें बनाते थे, अपने से कमजोर लड़कों पर रोब जमाते, उन्हें सताते थे और आम बोलचाल में भी गालियों का सहज प्रयोग करते थे । स्कूल की पढ़ाई में मेरा भी मन नहीं लगता था, बावजूद इसके मैं उनके कुनबे में शामिल होने से बचता-कतराता था । सच तो यह है कि उनके रंग-ढंग और बात-व्यवहार के तौर-तरीके मुझे भयभीत करते थे और पूरे क्लास में सरफराज को छोड़ मैं किसी के साथ सहज नहीं हो पाता था, किसी से आसानी से बात नहीं कर पाता था, किसी को अपने बराबर, अपने करीब और अपने-जैसा नहीं मानता था ।

इसका एक और कारण था—मेरे परिवार का माहौल । हिंदू और उसमें भी ब्राह्मण होने के बावजूद मेरा परिवार मुहल्ले में इस लिहाज से अलग, अकेला और अजूबा था कि उसका कई मुसलमान परिवारों से खासा रिश्ता था और यह रिश्ता आने-जाने तक ही सीमित नहीं था, बल्कि आपस में खाना-पीना सब होता था । ईद-बकरीद में हम जाते थे और होली-दीवाली में वे आते थे । मेरे बाबा हिंदू-मुसलमान कुछ नहीं मानते थे । जाति-धर्म-जैसी चीजें उनके लिए आदमीयत की राह की बेकार बंदिशें थीं और खान-पान, रहन-सहन, बोली-बानी, पोशाक और इबादत के तरीके के फर्क को दरकिनार कर जिस चीज को वे जिंदगी में सबसे जरूरी और सारे मसलों से ऊपर मानते थे, वह थी आदमीयत । उन्हीं की वजह से घर का ऐसा माहौल था, जिसके चलते मैं मदरसे में पढ़ सका था और मियाँटोली के अनेक लड़के मेरी जान-पहचान के हो गए थे, कई मुसलमान बुजुर्ग, जो बाबा के दोस्त थे, मुझे प्यार करते थे, और इस वक्त मैं सरफराज को अपने सबसे करीब पाता था ।

सरफराज खूबसूरत था । पतला-छरहरा और नाजुक । तीखे नाक-नक्श । गोरा ऐसा जैसे बदन को कभी धूप न लगी हो । बड़ी-बड़ी आँखें । घनी

बरौनियाँ । पतली काली भौंहें । पतले गुलाबी होंठ । पढ़ने में भी उतना ही अच्छा ।

परिवार उसका छोटा था । अब्बू-अम्मी के अलावा एक बड़ी बहन, जो उससे दस साल बड़ी थीं । उसके अब्बू पढ़े-लिखे इंसान थे । अखबारनवीस थे । कौल के पाबंद, ईमान के पक्के । लिच्छवि टाइम्स नाम से जिले का एक हफ्तेवार अखबार निकालते थे जो अपने खरे, ईमानदार और बेखौफ चरित्र के लिए जाना जाता था ।

"क्या हाल है मल्लू मियाँ ?" मैं जब भी उनके घर जाता, बरामदे से लगे अपने कमरे में काठ की कुरसी पर बैठे वे पढ़-लिख रहे होते, पूछते– "बुलंदी है न ? पढ़ाई कैसी चल रही है ? दिल लगाके पढ़ते हैं न ? दिल लगाके पढ़ा करिए !"

मुझे याद नहीं, पढ़ाई-लिखाई को छोड़कर कभी कोई और बात उन्होंने मुझसे की हो । हाँ, मुझे आया देख हर बार सरफराज को यह जरूर कहते– "सरफू मियाँ ! मल्लू मियाँ को अंदर ले जाइए ! कुछ खिलाइए-पिलाइए ! अम्मीजान से कहिए...!"

सरफराज का घरेलू नाम 'सरफू' बहुत दिलकश था । मैं भी उसे इसी नाम से बुलाता था । उसकी गोराई को मैं गोराई की सीमा मान बैठा था, पर उसकी अम्मी और आपा को जब पहली बार देखा था, तो एकबारगी दंग रह गया था । जैसे मक्खन की बनी हों और दूध से नहाती हों ! उन्हें देखकर मन में एक दिव्य भाव का उदय होता था ।

अम्मी को मैंने कभी बेकार बैठे या बैठकर किसी से गप्प लड़ाते नहीं देखा । जब भी देखा, काम में मशगूल देखा । वे बाकायदा नमाज पढ़ती थीं, कुरान की सीखों और नसीहतों से उनका रूह का रिश्ता था । खाली वक्त में कपड़े सीतीं या कपड़ों पर कसीदा काढ़तीं । कम बोलतीं । बोलतीं तो जुबान से शहद टपकता ।

"कहाँ रहलऽ बिटवा ? देखात नाहीं रहलऽ !"

वे बनारस के पास के किसी गाँव की थीं । बनारसी बोलती थीं– "तोरी अम्मी का कर रहीं ?"

"खा बिटवा !" मेरे खाने-पीने का बड़ा खयाल रखतीं ।

"इतना ! पेट तो भरा है अम्मी !" मैं तश्तरी की भरावट देख ना-नुकर करने लगता ।

"अरे खा बिटवा ! अम्मी के हाथ के बनल हौ, ऐगुन नाहीं करी ।" वे दमभर खिलाकर ही दम लेतीं और उलाहना देतीं– "सरफूवाली आदत सीख लेले हउअ ? फरजू ! ए फरजाना ! बिटवा के पानी ला दऽ !"

फरजाना आपा दुबली-पतली थीं । हमसे दस साल बड़ी । बीस-इक्कीस की रही होंगी उस वक्त । फुर्तीली और खुशमिजाज ।

"मल्लू भाईजान ऐसे क्यों खाएँगे, अम्माँ ? ये तो कसम खाए हैं कि पहले आपा के हाथ से कुछ खाएँगे तभी किसी के हाथ से कुछ खाएँगे ।" वे थप्पड़ दिखाकर कहतीं तो सब हँस पड़ते ।

वे ग्रेजुएशन में थीं । पास कोर्स का दूसरा साल चल रहा था । इसके बाद ऑनर्स करने का इरादा था । उर्दू विषय था । पढ़ाई-लिखाई में काफी दिल लगाती थीं । मेरा तो दिल किताबों में लगता नहीं था, इसलिए मेरे लिए अचरज की बात थी कि कैसे इन चीजों में इतना दिल लगाती हैं ! सच कहूँ, तो अंदर ही अंदर उनसे सहमता था । खास कर तब, जब वे सवाल करने लगती थीं ।

"चलिए, अपना नाम लिखके बताइए, उर्दू में !"

मैं सहमा-सा लिखता– "मीम... वाओ... लाम... ये..."

"मौली... अब चंद्र लिखिए !"

"चे... नू... दाल... रे..."

"चंद्र... बहुत सही ! अब हमारा नाम लिखिए कैसे लिखिएगा !"

मैं और भी सहमकर लिखता– "फ़े... रे... जीम..."

"जीम नहीं, जीम नहीं... ज़े ! लिखिए ज़े !"

"ओह, ज़े !" मैं सुधारता, 'जीम' के बदले 'ज़े' लिखता, फिर जोड़ता– "अलिफ़... नू... हमज़ा... !"

"अब ठीक है !" वे शाबाशी देतीं, और साथ में नसीहत भी– "हमेशा सही हर्फ लिखिए भाईजान... और इसके लिए तलफ्फुज को सही रखिए !"

"जी आपा ! सही हर्फ... सही तलफ्फुज..."

"और सही ईमान... !" अम्मी कहना न भूलतीं– "ईमान सही... तो इंसान सही !"

## दस

सरफू के जरिए और कुछ अपनी स्वाभाविक प्रवृत्ति के चलते मियाँटोली में मेरे

कई दोस्त बन गए । तिरछी आँखोंवाला तमन्ना, कमजोर शरीरवाला सफेदा, होंठों से हौले-हौले सीटियाँ बजाते रहनेवाला नियाज, फटे-मोटे होंठोंवाला नदीम, नकियाकर बोलनेवाला गुलाब, बात-बात में पिनकनेवाला हैदर, हाजिरजवाब तमीम, फकीर के चोगे की तरह अब्बू की कमीज पहननेवाला ढोराई, 'साइकिल' कहने पर चिढ़नेवाला शकील, और झुल्ला, जिसका असल नाम साहेब था, जो क्रमशः 'साहेब' से बिगड़कर 'सहेबा' हुआ, 'सहेबा' से 'सैबा' और 'सैबा' से सुधरकर 'साया', जिसमें 'झुल्ला' सहचर जोड़कर लोगों ने 'साया-झुल्ला' बनाया और आखिरकार 'साया' को छोड़ 'झुल्ला' अपना लिया—इन सबके साथ, सिर्फ सरफू और सफेदा को छोड़, मैं मियाँटोली की गलियों में आजाद पंछी-सा चहकता, चुगता और उड़ता था । स्कूल के बाद, खास कर छुट्टियों के दिनों में हमारी हरकतें बड़े-बुजुर्गों की नसीहतों को चुनौती देती हुई-सी लगती थीं । कभी इमली पर निशाना साध रहे हैं, कभी चने का खेत चर रहे हैं, किसी की गुमशुदा बकरी खोजते बस्ती-वीराना एक कर रहे हैं, कहीं आम की फुनगी नाप रहे हैं तो कहीं गड़ही की गहराई थाह रहे हैं ।

इन कामों में हमें सरफू का साथ कभी न मिलता, और हम भी उस जहीन जान को अपने साथ चलने को कभी कहते भी नहीं ।

सफेदा की चलने की इच्छा तो रहती, पर अपनी एक खास आदत के चलते वह कभी हमारे साथ नहीं चल पाता । कह नहीं सकता कि कैसा अव्वल दरजे का 'मुकरिया' था वह ! हर 'अभियान' के पहले हमारा साथ देने को सौ-सौ कसमें खाता, पर हर बार ऐन वक्त मुकर जाता ।

"चाहे छोड़ो, न जाएँगे !" वह कहता और इससे पहले कि कोई कुछ कहे, इस तरह मुड़कर चल देता, जैसे साथ चलने की बात कभी की ही न हो ।

गुलाम मुहम्मद सैफुद्दीन... उर्फ सफेदा !

असमंजस का अनुपम उपहार... बेनजीर नजराना !

उसे खुद यह इल्म नहीं रहता कि वह क्या कह रहा है या क्या कर रहा है या क्या चाहता है !

सेहत उसकी प्रायः खराब रहती । गरमी में लू पटक देती, बरसात में बरसाती घाव कष्ट देते, सरदी में हाथ-पाँव फूल जाते । कभी कै-दस्त, कभी हँफनी-कँपनी । बीमारियों ने उसके बदन को छुहारा बना दिया था ।

एक दिन मेरे घर आया और स्टेशन चौक चलने की जिद करने लगा ।

मई-जून की दोपहर थी । स्कूल बंद था । शायद गरमी-छुट्टी के दिन

थे । धूप में कैसी तपिश रही होगी, कहने की जरूरत नहीं । उसमें पाँच मील पैदल चलकर जाना कुछ ऐसा ही था जैसे 'इक आग का दरिया है और डूबके जाना है ।'

मैंने मना कर दिया ।

लेकिन उसका जिद करने का ढंग ऐसा था जैसे कोई अटका हुआ कैसेट एक ही बात बार-बार दुहरा रहा हो– "चलो न, चलो न, चलो न... !"

उसकी जिद के आगे टिकना मुश्किल था, मगर मैं आना-कानी करता रहा ।

"ई बेरा ? बड़ा रउदा है !"

"चलो न, चलो न, काम है ! चलो न, चलो न..."

"क्या काम है ?"

"जरूरी काम है ! चलो न, चलो न..."

उसके हठ-घनचक्कर के आगे हारकर मुझे निकलना पड़ा ।

अंदर-बाहर दोनों से जलता-भुनता जब उसके साथ चार मील से ज्यादा चल चुका और स्टेशन चौक बस करीब ही था, तो जाने क्या हुआ कि अचानक से वह रुका और बोला– "चाहे छोड़ो, न जाएँगे !"

फिर एकदम से मुड़ा और घर की तरफ चल दिया ।

मैं ठगा-सा खड़ा रह गया । उसने मेरी कोई परवाह ही नहीं की, जैसे मैं वहाँ हूँ ही नहीं या मेरी कोई हैसियत ही नहीं ।

मैं जलकर भस्म हो गया । क्रोध से चक्कर आने लगे ।

लौटते वक्त हम साथ नहीं लौटे । मैं उसके पीछे चल रहा था, दस-बीस कदम के फासले पर, मुश्किल से पाँव बढ़ाता, गुस्से में गर्क, खून के आँसू बहाता । पर वह तो इस बात से भी बेफिक्र ही रहा ।

लू के थपेड़ों में सूखे पत्ते-सा खड़खड़ाता, आगे ढिकलाता वह चला जा रहा था, अपनी बेपरवाही में गुम, दाएँ-बाएँ मुंडी हिलाता...

मैंने प्रण किया कि उससे कभी नहीं बोलूँगा ।

कुछ ऐसा ही धोखा, बल्कि इससे भी बड़ा धोखा लगभग दो साल पहले उसने अपने ही अब्बू के साथ किया था...

चैत का महीना शुरू होते, जाने किस वजह से, उसकी नजर कमजोर होने लगी थी और एक शाम, जब अब्बू दवाखाने से आकर बैठे ही थे, उसने जाकर अपनी तकलीफ बताई थी– "बाबा हो, कम बुझा है !"

"क्याची कम बुझा है, सफेदा ?"

"बाबा हो, नजर से कम बुझा है !"

"या खुदा !" यह बात अब्बू को चौंकाने और फिक्र में डालने के लिए काफी थी– "कबसे सफेदा ?"

"बाबा हो, हफ्ताभर से ! पहिले लगता रहा कि आँख आइस है, ओही से कम बुझा है, लेकिन आँख तो आइस नहीं, तौ भी कम बुझा है !"

अब्बू की आँखें खुद खराब हो रही थीं । दिन में भी मुश्किल से देख पाते थे । लेकिन यह खबर तो अंधी आँखों में भी अंधकार झोंकनेवाली थी । आखिर उमर ही क्या थी सफेदा की ? नौ-दस ! यही न ? इसी उमर में औलाद की नजर खराब हो जाए, वो भी उस औलाद की नजर, जो लाख मन्नतों और मिन्नतों के बाद उम्मीद की मुरझाई गोद में खुदा का नजराना बनकर आया हो– इससे तकलीफदेह बात एक बूढ़े बाप के लिए और क्या हो सकती थी ? एक ऐसे बाप के लिए, जो अपनी आँखें खो देने के बाद औलाद की आँखों से ही दुनिया देखने के ख्वाब देख रहा हो !

अपनी आँखों के दिनोंदिन खराब होते चले जाने के बावजूद, आर्थिक तंगी के चलते अब्बू ने अपने लिए एक चश्मे की चाह या परवाह कभी नहीं की । पर सफेदा से कहा– "कोई बात नहीं, फेदू ! तेरी नजर जँचवाकर चश्मा लगवा देंगे । कल पटना चलेंगे । सब ठीक हो जाएगा, बेटा !"

यह बात सन् बयासी की होगी, क्योंकि मुझे यह भी याद आ रहा है कि तब हाजीपुर से पटना के बीच–गंगा नदी पर–'महात्मा गाँधी सेतु' का निर्माण अपने अंतिम चरण में था और कुछ ही रोज बाद इंदिरा गाँधी उसका उद्घाटन करने आनेवाली थीं । हमारे ही मुहल्ले के दक्षिणी छोर से पटना के गायघाट के बीच वह बन रहा था, पर जब तक बन रहा था और उस पर यातायात शुरू नहीं हुआ था, तब तक पटना जाना, खास कर हमारे मुहल्ले से टेढ़ी खीर था ।

इसे समझने के लिए यहाँ के भूगोल को एक नजर देख लेना ठीक रहेगा ।

यहाँ गंगा पश्चिम से आकर पूर्व दिशा में बहती चली गई है । उत्तर दिशा से गंडक आकर उसमें मिलती है । गंडक के पूर्व में हाजीपुर है, पश्चिम में सोनपुर । जाहिर है, इन दोनों के दक्षिण में गंगा है और उसके पार पटना ।

आज तो सोचो और पटना चले जाओ । पंद्रह-बीस मिनट भी नहीं लगते सेतु पार करने में । लेकिन अब्बू ने जब सफेदा से कहा कि पटना चलेंगे,

तब पटना जाना इतना आसान नहीं था !

पहले तो मुन्नर दास के टमटम से हाजीपुर जाओ । फिर दूसरा टमटम पकड़ो और पश्चिम दिशा में चलते हुए, लॉर्ड डफरिन के जमाने का सौ साल पुराना गंडक-पुल पार कर, सोनपुर के स्टेशन चौक पहुँचो । वहाँ से तीसरा टमटम पकड़ उसी दिशा में बढ़ो और बढ़ते जाओ, बढ़ते जाओ, बढ़ते जाओ । फिर दक्षिण होकर गंगा के पहलेजा घाट पहुँचो । वहाँ से बच्चा बाबू के पनिया जहाज से गंगा पार करो और पटना के दीघा घाट उतरो । अब जहाँ जो काम हो, जाकर करो, पर समय से लौटकर वापसी का चरबजिया जहाज पकड़ भी लो, वरना कल उसी समय तक टपला खाना पड़ेगा ।

अगर टमटम से चलने में माली दिक्कत हो, तो पैदल चलो ।

दिनभर का झमेला था और बीसों कोस का चक्कर ! और अगर वापसी का जहाज छूटा, तब तो महा घनचक्कर !

पर यह सारा कुछ सफेदा की आँखों से बढ़कर थोड़े था ?

कल होकर अब्बू उसे लेकर चले । गरीब की गठरी में जो भी जमा-पूँजी थी, झाड़-झूड़कर सब रख लिया । सफर में साधन और खान-पान के मामले में कोई कोताही नहीं बरती । उनके पास जो भी जरा-मरा था, वह सफेदा के सिवा और किसके लिए था ? उसके तकलीफ में रहते उस सबका क्या मोल और क्या मतलब ? उसे किस लिए रखना और किसके लिए बचाना ?

पटना पहुँचकर अब्बू ने सफेदा की आँखें जँचवाईं और चश्मा लगवा दिया । पूछा– "कइसा बुझा है, फेदू ?"

सफेदा हुलसकर बोला– "बाबा हो, खूब बुझा है !"

अब्बू उसका मुकरियापन जानते थे । मन ही मन डरते थे कि यह लड़का किसी पल अपनी बात से मुकर सकता है, इसलिए पूरी तसल्ली कर लेना चाहते थे । उन्होंने उसके आगे झुककर, उसकी आँखों में झाँककर बड़े लाड़ से पूछा– "फेदू हो, ठीक से देखके बतइहो, कइसा बुझा है ?"

सफेदा खूब हुलसकर बोला– "बाबा हो, खूब बन्हियाँ बुझा है !"

दोनों लौट चले ।

वापसी के जहाज पर कदम रखने से पहले अब्बू एक पल को रुके और फिर पूछा– "ठीक बुझा है न, सफेदा ?"

सफेदा फिर उसी हुलास के साथ बोला– "बाबा हो, खूब साफ-साफ

बुझा है, बड़का-बड़का बुझा है !"

दोनों जहाज में बैठे ।

जहाज खुला । बीच धार में पहुँचा ।

शाम ढलने में अभी देर थी । आसमान साफ था और तिपहर की धूप में दृश्य रोशन थे । अब्बू खिड़की के पास बैठे नदी का चमकता पानी देखने की कठिन कोशिश कर रहे थे । बगल में सफेदा बैठा गरदन झटकता कभी इधर, कभी उधर देख रहा था । अचानक उसने चश्मे के अंदर आँखें मिचमिचाईं और खड़ा हो गया । सहज भाव से बोला– "बाबा हो, कम्मे बुझा है !"

अब्बू का चेहरा स्याह पड़ गया !

उनके चारों ओर अंधकार छा गया ! अटूट अंधकार !

और उसी अंधकार में, खामोश अपनी किस्मत पर खूनाब बहाते, सफेदा की बाँह थामे, शाम घिरने के काफी बाद वे घर लौटे ।

और वे कर भी क्या सकते थे ?

तो यह तो किस्सा है !

मेरे साथ जब उसने धोखा किया, तो मैंने प्रण किया कि उससे कभी नहीं बोलूँगा । पर एक जगह में रहते इस तरह के प्रण ज्यादा टिकाऊ नहीं होते । अगले ही दिन शाम के वक्त वह भागा-भागा आया, हाँफता हुआ बोला– "अम्माँ बोलाइन हैं, जल्दी चलो !"

अम्माँ मुझे मानती थीं । मलीदा खिलाती थीं । गोश्त भी । उनके हाथ का बना गोश्त मैंने बीसों बार लार टपका-टपकाकर खाया था । बेसन के हलवे की बरफी तो उनकी सदाबहार नजर थी । जब जाता तब पाता । सिलवटों से बदशक्ल, पुराने बदरंग सलवार-कुरते में हमेशा वे घर के कामों में लगी रहतीं । घुटनों और मांसपेशियों के दर्द से चूर उनका गंदुमी भारी बदन घर के अंदर इधर से उधर घिसटता रहता ।

यह श्रम, यह दर्द, यह चूल्हे में झोंकरना और मोरी में लथड़ना–हिंदू या मुसलमान, मुहल्ले की सभी औरतों की कमोबेश यही नियति थी ।

अम्माँ ने बुलाया है, यह सुनकर मैं रुक न सका । भागा । आगे-आगे मैं, पीछे-पीछे सफेदा । रास्ते में पूछा– "हुआ क्या है ?"

"जबरा फेर हेराइल है !" बुरी तरह हाँफता, आशंकित भाव से बोला वह– "सुबहे गइस था, अबले नहीं आइस !"

अम्माँ ने एक खस्सी पोस रखा था । लंबा-तगड़ा, जबरदस्त । फौजी

घोड़े-सा तनकर चलता । दौड़ता तो कान हवा में डैनों-से लहराते । मुझसे भी उसका हेलमेल था । कभी मेरे तलवे चाटता, कभी ढाही मारता । पक्का खिलंदड़ था । मस्तमौला । मौका मिलते घर से निकल भागता । अम्माँ मुझे बुलवातीं और रोकर कहतीं– "जबरा के खोज देओ बेटा !"

सुनते ही उनकी और जबरे की चिंता मुझ पर हावी हो जाती, मेरा कलेजा खखोरने लगती, फिर उनके दुख और जबरे के साथ किसी दुर्घट की आशंका से निजात पाने को मैं मुहल्ले की गलियों में बवंडर-सा नाचता फिरता । पैर पंख बन जाते । सफेदा भी कुछ दूर साथ दौड़ता, पर उसका बदन उसके हौसले और जज्बे के आगे नाकाबिल था । पिछड़कर वह लौट जाता और अम्माँ के साथ बैठकर मेरे कामयाब होकर लौटने की दुआ और इंतजार करता ।

अब तक तो कामयाब होकर मैं लौटता भी रहा, पर इस बार जाने क्या हो ?

"ई पहिले न बताना था... कि जबरा हेराइल है ?" सफेदा की कमअक्ली पर खीजकर मैं रुका और हाँफता हुआ बोला ।

अम्माँ के पास जाने में अभी वक्त की बर्बादी थी । असल था कि उनका मकसद पूरा हो, सो अधरस्ते से ही 'खस्सी खोज अभियान' के लिए भागा । ऐसे में रफ्तार काफी तेज होनी चाहिए और निगाह बेहद चौकन्नी ।

मेरी इस 'रामकथा' में जबरा अगर 'सीता' था, तो उसका पता लगानेवाला 'पवनपुत्र' मैं ।

मेरी जिंदगी में इस बात के लिए जबरे की अहमियत हमेशा रहेगी कि उसके कारण मैं अपने मुहल्ले के अंदर छिपी कितनी ऐसी दुनियाएँ देख सका, कितनी ऐसी तसवीरों और तकदीरों को जान सका, जिनसे अनजान रह जाना पड़ता !

मिट्टी और फूस के दरबों-से घर, धुआँए, ढहे-ढनमनाए, जिनके छप्पर भी प्रायः गायब रहते ! फूले पेटों, सूखी टाँगोंवाले कुपोषित बच्चे, काले-कलूटे, नंगे, बेंगचियों-से झुंड के झुंड, पिल्लों-से केंकियाते ! अधनंगी औरतों के सूखे बेजान झूलते स्तन, आग में झुलसी आटे की चिपड़ियों-से ! हड्डियों और खून से भरी कसाइयों की भूलभुलैया गलियाँ, जिनमें कई दरवाजों पर गोश्त के विशाल लोथड़े या कटे मवेशियों के छिले शरीर लटके होते !...

आज भी हर कहीं ढूँढ़ा उसे ।

गड़ही में, गाछी में, नरकट में, नोनचे में, हाट-बाट-बस्ती-वीराने में,

गली-गली भागा, मंदिर में देखा, मस्जिद में खोजा, ढूहों पर छाना, बावरियों में झाँका...

फाटक में पूछा...

कसाईघर में हुलक-हुलक देखा...

कहाँ गया जबरा ?

शाम घिरने को आई, लेकिन कोई पता नहीं । आशंका से मन काँप रहा था । अम्माँ राह ताकती होंगी । बाहर ओटे पर बैठी सबसे पूछती होंगी । अब्बू भी दवाखाने से लौट आए होंगे और अम्माँ के पास फिक्रमंद बैठे मेरी आहट अकनते होंगे । हफीज मियाँ के बेटे पुदीने ने रोज की तरह उन्हें घर पहुँचा दिया होगा जो उनके दवाखाने के आगे दिनभर साइकिलों के पंक्चर बनाता है और शाम को दवाखाने में अपने औजार-असबाब रखकर, उसे बंद कर उन्हें घर पहुँचाता हुआ अपने घर लौटता है । अब्बू अब जरा भी देख नहीं पाते । नजर साफ खराब हो चुकी है । दवा की परची पढ़ना तो दूर की बात, उनके लिए तो रात-दिन अब सब बराबर हो चुके हैं ।

सफेदा भी वहीं उलझनों में उलझा होगा । गरदन हिलाता बार-बार उठकर गली के मोड़ तक जाता होगा और लौट आता होगा ।

अँधेरा उतर रहा था । दृश्य तेजी से अदृश्य हो रहे थे ।

कहाँ गया जबरा ? कहीं से कोई आवाज भी नहीं मिलती उसकी !

शाम जल्दी घिर आई थी । अँधेरा गहरा था आज ।

मुहल्ले के बाहर, उसके दक्षिणी-पश्चिमी सिरे पर, जहाँ से जमीन थोड़ी दूर तक नीचे ढुरकती चली गई थी और फिर नरकट का घना, बेतरतीब जंगल शुरू हो गया था, जहाँ मैं दिन में भी जाने से सहमता था, वहीं से खोजकर और थक-हारकर, पसीने से लथपथ लौट रहा था । दुख से मन भारी था । डर से देह सिहर रही थी और जरा भी खटका होने पर ऐसे गनगना उठती थी, जैसे बिजली का तेज करंट लगा हो । कनपट्टे दहककर ऐसे फटने लगते थे, जैसे उनमें आग लग गई हो । थकान से चूर था, फिर भी दौड़-सा रहा था...

माई रे, मखदूम[1] की दरगाह !

---

*1. **पीर मखदूम** (1533-1604) का असल नाम सैयद कासिम था । ये सुहरावर्दी सिलसिले के प्रसिद्ध सूफी पीर दमड़िया के मँझले पुत्र थे और पिता की मृत्यु के बाद उनके उत्तराधिकारी नियुक्त हुए थे । **पीर दमड़िया** का असल नाम सैयद अहमद*

इस सुनसान में वैसे तो मेरे डर की कई वजहें थीं, पर उनमें जो सबसे बड़ी थी, वह थी लगभग चार सौ साल पुरानी यह दरगाह, जो मेरे लिए खौफगाह थी । इसका कट्ठेभर का चौकोर अहाता, जिसके बीचोबीच पीर मखदूम की बदहाल कब्र थी, बेतरतीब घासों और काँटों से भरा था तथा इसकी तीन फुट ऊँची और उतनी ही चौड़ी, कच्ची चारदीवारी जर्जर होकर ढह रही थी । पश्चिम तरफ की दीवार में, यानी रास्ते की तरफ, अंदर की ओर खुलनेवाला उतना ही पुराना, जकड़ा हुआ, लकड़ी का एक भारी, नक्काशीदार, अलकतरा-पुता दरवाजा लगा था, जिसे वक्त के थपेड़ों ने अकड़ाकर बेडौल कर दिया था, जिसके पास से हवा कराहती हुई गुजरती थी और जो साल में सिर्फ एक बार, उर्स के मौके पर, किसी दरिंदे-सा दहाड़ता हुआ खुलता था ।

आम तौर पर लोग उर्स का अर्थ किसी पीर-फकीर के मजार पर लगनेवाला सालाना मेला समझते हैं, जिसमें जियारत और खुशी के लिए शरीक हुआ जाता है । लेकिन यह उर्स खौफनाक होता था । इसमें जमकर भुतखेली होती थी और यही इसका अहम पहलू था । भूत मुख्यतः औरतें खेलाती थीं, जो इसके लिए दूर-दूर से, जिले के बाहर से भी आती थीं । वे कब्र को चारों ओर से घेर लेती थीं और डरावनी आवाजें निकालती, भयंकर मुद्राओं में देह झोरती, सर पटकती, तड़पती, नाचती-हनहनाती, पूरे इलाके में खौफ का भारी जाल बुन देती थीं ।

लोगों का कहना था कि दरगाह में चुड़ैलों का अड्डा है ! खुले फहराते पटुए-से बालों, बड़े-बड़े दाँतों, नाखूनों, खूनी आँखों और उलटे पैरोंवाली भयंकर चुड़ैलें, जो आदमी को कच्चा चबा जाती हैं ! उनके आगे भूत-प्रेत भी क्या हैं ! रात में कभी इधर से गुजरो, तो अंदर से हाँफने, कराहने, विलाप करने, हिहियाने

---

*था । नजराने के तौर पर सिर्फ एक दमड़ी कबूल करने के अपने दस्तूर के कारण वे पीर दमड़िया कहलाए । उनकी तथा उनकी पत्नी की संगमरमर की कब्रें पास के मीनापुर मुहल्ले में एक ऊँचे टीले पर स्थित हैं ।* ***पीर मखदूम*** *अरबी-फारसी के अच्छे विद्वान ही नहीं, फारसी के अच्छे कवि भी थे और उनकी कविताओं पर शोध भी किया जा चुका है । इतने अच्छे इंसान की दरगाह पता नहीं कैसे भुतखेली का अड्डा बन गई ! ऐसा क्यों और कबसे हुआ, नहीं जानता । शायद लोगों में किसी कारण यह विश्वास विकसित हो गया हो कि इनकी इंसानी या खुदाई ताकत के आगे बुरी ताकतें हड़कती हैं । पर सच क्या है, पक्के तौर पर नहीं कह सकता ।*

या गुर्राने की डरावनी आवाजें सुनाई पड़ती हैं, लोगों को ऐसा कहते भी सुना था !

मइया रे मइया !...

बचाओ, हलमानजी !...

या अल्ला !...

दरगाह के सामने आते ही लगा, कोई मेरा पीछा कर रहा है ! मैं जान छुड़ाकर भागना चाह रहा था, लेकिन लग रहा था, कोई मेरे ऊपर सवार हो गया है, देह जैसे लोथ हो गई हो ! कलेजे में धधकता एक शून्य भर गया था और आँखों के आगे अँधेरे में सफेद छायाएँ प्रकट हो-होकर गायब हो रही थीं !

अचानक जैसे पीछे से कोई झपेटा लगा हो, मैं धड़ाम से खपटों-भरी जमीन पर बेधरान गिरा और दो-तीन कदम घिसटता चला गया ! एक असहाय और कातर चीख कलेजे से उठी और कंठ में आकर घुट गई । लगा जैसे किसी ने कलेजे में अंगारे झोंक दिए हों और गला चाँप दिया हो ! मुझ पर खौफ का यह आखिरी हमला था और दरगाह के ठीक सामने ध्वस्त मेरी हालत यह थी, जैसे हाथ-पाँव बाँधकर मुझे धधकती भट्ठी में जलने को फेंक दिया गया हो !

मगर मैं उठा, फिर से भागने को अपने प्राण बटोरकर ज्योंही उठा, कि दरगाह के दरवाजे के ऊपर घुँघरुओं की हलकी आवाज हुई और सहसा एक तेज झनझनाहट के साथ वहाँ से कोई छाया मेरे पीछे कूदी...

"ईऽऽऽऽऽऽऽऽऽऽ... !" मेरी चीख निकल गई । एक काँपती किकियाहट...

और अगले ही पल एकदम से, दहशतभरा एक तेज स्वर मेरे घिग्घी बँधे गले से फूटा– "जबरा ?"

वह जबरा ही था । घुँघरुओं की आवाज उसी के पट्टे की थी ।

मेरी रुलाई छूट गई ।

मगर वह मेरी ओर मुँह उठाए ऐसे खड़ा था, जैसे पूछ रहा हो– "तुम यहाँ क्या कर रहे हो, मियाँ ?"

"बदमाश !" मैंने उसका बायाँ कान पकड़ा और रुँधी आवाज में डपटते, उसे खींचते हुए बोला– "चल !"

और वह चल दिया, जैसे मुझ पर एहसान कर रहा हो ।

इस तरह आखिरकार, इस बार भी सफल होकर मैं लौट तो रहा था, पर मेरी दशा खराब हो गई थी । तसल्ली की बात बस यही थी कि चाहे जैसे भी हो, मेरे द्वारा एक बार फिर से अम्माँ-अब्बू और सफेदा की समस्या का समाधान हो

गया था और मुझ पर जो उनका भरोसा था, उसकी इज्जत रह गई थी ।

आज इन बातों को बीते पचीस साल से ऊपर हो गए हैं और इस बीच हालात कितने बदल गए हैं ! वह भरोसा, जो भले कुछ ही परिवारों के बीच की कड़ी था और हर हाल में कायम रहता था—वह बाती, जो भले कुछ ही दिलों के दियों में जलती थी और घोर तूफानों में भी गिरती-पड़ती-सम्हलती हमेशा बची रहती थी—हमने जिसे बचाए रखा था और असल में जिसने हमें बचाए रखा था, वक्त की पागल हवा ने आज किस कदर उसकी धज्जियाँ बिखेर दी हैं !

मैं कभी नहीं भूल सकता वह रोशनी, दुआएँ देती वह पाक रोशनी, जो उस रात, एक सँकरी गली के गहराते अँधेरे में, जबरे के साथ सकुशल लौटने के बाद उन बूढ़ी आँखों में मैंने देखी थी !

"जान अटकी थी, रे बेटा !" अम्माँ ने ओढ़नी से अपनी आँखें पोंछी थीं, फिर उससे धूल और पसीने से भरा मेरा मुँह और हाथ-पाँव पोंछते कहा था—"इंसान को दो आँख होवे है, बेटा ! और हमरे खातिर... वो तू है... तू और सफेदा !"

जबसे हम लौटे थे, सफेदा तोते-सा गरदन हिलाता कभी मुझे देख रहा था, कभी जबरे को । उसके चेहरे पर हर्षमिश्रित आश्चर्य का भाव था ।

इस घर में कोई बरामदा नहीं था । दरवाजा सीधे गली में खुलता था । उसकी चौखट से लगा बाहर एक जीना था, जो गली में घर की जीभ-सा निकला दिखाई देता था । उसके नीचे से नगरपालिका की एक फीट चौड़ी, काले कीचड़ से जाम, बजबजाती, बदबू फैलाती नाली गुजरती थी ।

वह जीना ओटे का भी काम करता था, जिस पर देर तक अब्बू बैठे रहे थे और खुदा-खुदा करते रहे थे ।

बाकी हमलोग अंदर थे और अंदर जाने कब तक ढिबरी के हलके उजाले में अम्माँ की आँखें तेज चमकती रही थीं और यह सब मुझे किसी परीकथा के सुखद प्रसंग-जैसा लगता रहा था ।

फिर अब्बू अंदर आए थे, दरवाजे का सहारा लेते, बिना पलस्तर की ईंटों की पुरानी दीवार टटोलते, आँखें विस्फारित किए हुए—जैसे अपनी खोई दृष्टि में रोशनी के किसी कतरे की झलक तलाशने की कोशिश कर रहे हों ।

"मुलमुल..."

दाईं तरफ की दीवार से लगाकर एक झोलर खटिया रखी थी । सावधानी से उस पर बैठते हुए पूछा था उन्होंने— "मुलमुल को क्या खिलाइएगा,

बानो ?"

अब्बू ने हमेशा मुझे 'मुलमुल' कहा ।

आज तक मैं कई जगहों पर रहा और कितने ही नामों से पुकारा गया । मल्लू, मौली, मौलिचंद्र, चंदर, एम. चंद्र, एम चंद्रा, यहाँ तक कि एम. सी. तक कहा लोगों ने...

पर 'मुलमुल' सिर्फ अब्बू ने कहा, और अब्बू के बाद और किसी ने नहीं ।

"हलुआ !" सफेदा ने खुशी में सिर से धड़ तक हिलाते हुए, बत्तीसी दिखाकर अपनी पसंद जाहिर की थी– "अम्माँ ! बेसन का हलुआ !"

और अम्माँ को पता था, यह चीज मुझे भी पसंद है । वे उठकर चूल्हा जोड़ने चल दी थीं । सफेदा दौड़कर पड़ोस से आग ले आया था । मैं अब्बू के पास जा बैठा था और जब तक खा-पीकर घर नहीं लौट गया था, उनकी रामकहानी सुनता रहा था । जबरा हमारी ओर मुँह किए अंत-अंत तक बैठा रहा था–स्फिंक्स की मुद्रा में–जरा-जरा देर पर अपने कान फटकारता हुआ, जैसे अब्बू की बातें वह भी सुन रहा हो ।

"तब मैं अठारह का था, मुलमुल, जब हमारा सारा मुल्क, तुम सोच भी नहीं सकते कि तब कैसा आलम रहा होगा, जब सारा मुल्क आतशगाह बन गया था...

अब्बू कहते रहे थे, अपने संठी-से सूखे लंबे हाथ हिलाते हुए, जैसे उनसे गले की खसखस और यादों की धुंध साफ कर रहे हों–

"बयालीस का वह जुलुम जमाना, बेटा, जब समूचा मुल्क एक साथ लड़ा, एक साथ बढ़ा, उस तूफान में, मैं बता नहीं सकता कि उस तूफान में समूचा मुल्क कैसे एक ही नाव में सवार था...

"जब मेरे वालिद लाठी खाके गिरे... और जुर्म क्या था उनका ? बस इतना बोलना था कि अगर झंडा सीना जुर्म है, तो मैं मुजरिम हूँ ! बस यही बोलना था... और उन पर पचासों लाठियाँ गिरीं, वहीं तुम्हारे घर के पास, काली थानवाली कोठरी में, मैं सौदा लेके लौट रहा था, कोई सोच भी नहीं सकता जो मैंने देखा, लहू से तर-ब-तर वह चेहरा... या खुदा !...

अब्बू की आँखें चमकने लगी थीं !

"फिर वे उठ नहीं पाए, बेटा... उनका जनाजा उठा...

"फिर मैंने भी अपना बोरा-बस्ता फेंक दिया और झंडा उठा लिया...

अब्बू की आँखें फिर चमकी थीं !

मैं कभी नहीं भूल सकता वह रोशनी... अंधी आँखों से फूटते वे रोशनी के फव्वारे...

## ग्यारह

दिन बदलते हैं । सब दिन एक समान नहीं रहते ।

बुरे दिन और बुरे हो सकते हैं ।

मुसलमानों को लेकर मुहल्ले के हिंदुओं में आम तौर पर अच्छी धारणा नहीं थी । मुसलमान भी हिंदुओं के बारे में कोई अच्छा खयाल नहीं रखते थे और मन ही मन उनसे सशंकित रहते थे । फिर भी कई ऐसे सूत्र थे, जो दोनों को अभी तक जोड़े हुए थे । दोनों के दिलों पर कुछ राख जरूर थी, जो बँटवारे की आग बुझने के बाद बची रह गई थी, पर दिल अभी दिल ही थे, पत्थर नहीं हुए थे । अब भी दोनों में बातचीच होती थी, दुआ-सलाम होता था, चौक-चौराहे पर मिल गए तो चाय-चुटकी भी हो जाती थी । मस्जिद के अहाते में मीठे पानी का अकेला चापाकल था, जिसके बगैर हिंदुओं की दाल नहीं गलती थी और मंदिर के कुएँ पर मुसलमान नहाते-धोते थे । मुहर्रम के मौके पर हिंदू लड़के ताजिया ढोते और सिपर नचाते थे, हिंदू औरतें ताजिए को जल देती थीं, हिंदू वृद्धाएँ नाती-पोतों को हसन-हुसैन और दुलदुल की कहानियाँ सुनाती थीं । हिंदुओं के फटे ढोल मुसलमान छाते थे, उनकी टूटी छतरियाँ वही बनाते थे, पर्व-त्योहारों में उनके कपड़े वही सीते थे । हिंदू की मौत पर मुसलमान भी ढाढ़स बँधाने आ जाते थे और मुसलमान के जनाजे में हिंदू भी चले जाते थे ।

दिन बुरे जरूर थे, पर इतने बुरे भी नहीं !

पर जाने कहाँ से आकर एक हवा मुहल्ले में सहसा नाचने लगी थी । एक पागल हवा ! एक ऐसा बवंडर, जिसने मुहल्ले की जड़ों को हिलाकर रख दिया था—बँटवारे की बाढ़ में कमजोर होकर भी बचे रह गए उस साझा झोंपड़े की बुनियाद भसका दी थी, उसके बंधन झकझोरकर तोड़ दिए थे, उसका छानी-छप्पर उड़ा दिया था, उसके आँगन में धूल-कचरों का अंबार लगा दिया था !

कुछ नए शब्द वहाँ की बोली-बानी में घुसपैठ करने लगे थे...

उन्हीं दिनों, पहली बार, मैंने राममंदिर का नाम सुना था ।

राममंदिर...

रामायण शब्द से मैं वाकिफ था, रामचरितमानस के पन्ने भी यदा-कदा पलटे थे, रामलीला देखी थी, रामनवमी का मेला घूमा था, रामतरोई की तरकारी और रामदाने की लाई खाई थी, पर यह नाम मेरे लिए नया था । न किसी कहानी में पढ़ा था, न किसी से जबानी ही सुना था ।

फिर एक रोज सफेदा ने पूछा था– "अकसबानी तो जानित है भइयो, रेडियो में बोले है... ई अडबानी क्याची है ?"

यह नाम मैंने भी तभी सुना था । सरफू के अब्बू परेशान लहजे में किसी से कह रहे थे– "बेकार का बखेड़ा नहीं तो क्या है ? ये अटल-आडवाणी... बताइए साहब, कबर की खाक खोदकर अपना गड्ढा भरना चाहते हैं !..."

और एक दिन घर पर सुना, दरवाजे से लगे बैठके में बाबा किसी से कह रहे थे– "यह ठीक नहीं है, भाईजी ! गड़े मुरदे उखाड़ने में किसी का फायदा नहीं । इसका अंजाम आप देखिएगा... अच्छा नहीं होगा !..."

लेकिन इस मामले ने मुहल्ले के ज्यादातर हिंदुओं पर कुछ और ही असर डाला था । वे ऐसे उत्साहित थे, जैसे कोई गड़ा खजाना उन्हें मिलनेवाला हो ।

एक नई तरह का रोमांच उन पर हावी हो गया था ।

तब वे क्या जानते थे कि वह रोमांच एक दिन उनके संवेदन को ही भोथड़ा कर देगा !... और आज, जबकि ऐसा हो चुका है... इस बारे में उनके कुछ जानने-समझने का सवाल ही नहीं उठता !

चौरासी में मेरी उम्र दस के करीब थी । इसमें कोई संदेह नहीं कि तब बहुत सारी बातें मैं समझ नहीं पाता होऊँगा । हर उम्र की मानसिक और शारीरिक पहुँच की अपनी सीमाएँ होती हैं । स्वाभाविक है, मन और शरीर दोनों से मेरी पैठ मुहल्ले के बदलते जीवन में इतनी गहरी नहीं रही होगी कि आज मैं उसकी कोई मुकम्मल तसवीर बना सकूँ और सबके सामने पेश कर सकूँ । फिर भी कई बातें ऐसी हैं, जो मेरी आम समझदारी के विपरीत होने के कारण मन में घूमती रहती थीं और इस कारण याद रह गई हैं, और आज ज्यादा बेहतर रूप में उनका मतलब मैं समझ पा रहा हूँ ।

"गर्व से कहो, हम हिंदू हैं !"

यह जुमला हिंदू जबानों से लेकर हिंदू दीवारों तक नजर आने लगा था ।

यह सही था कि मुसलमानों में इक्के-दुक्के को छोड़कर ज्यादातर की

जिंदगी बदतर थी, क्योंकि वह बीड़ी बाँधने, पंक्चर बनाने, कपड़ा सिलने, मोटरखानों या कारखानों में मिस्त्रीगीरी सीखने, फोंफी-बिस्कुट-लेमनचूस-अंडा-चूड़ी वगैरह बेचने और इसी तरह के छोटे-मोटे काम करने तक ही सीमित थी, लेकिन हिंदुओं के लिए भी गर्व करने लायक ऐसी कोई बात नहीं थी ।

उनकी शर्मनाक हरकतें और स्थितियाँ आखिर किससे छिपी थीं ?

औरतें जानवरों-सी खटती थीं और उनके निखट्टू मर्द बिलानागा बात-बेबात उन्हें मारते-पीटते थे । औरतें भी मंदिरों में भजन गाती थीं और घरों में कलह कर-करके उन्हें नरक बनाए रहती थीं । गाली-गलौज की तो ऐसी महिमा थी कि कल तक माँ का दूध पीनेवाले बच्चे आज गाली बकना शुरू कर देते थे । लड़कियों का पढ़ाई-लिखाई से छत्तीस का नाता था और अभी वे होश भी नहीं सँभालती थीं कि आँखों पर चढ़ जाती थीं । कोई इधर बहलाता था, कोई उधर फुसलाता था । पट्टी-पट्टीदारी के लोग भी इसमें पीछे नहीं रहते थे । लड़कियों का जीवन, घर से बाहर तक, ऐसे ही हाथों के स्पर्शों से आकार पाता था । कुछ लड़कियों के घर का अँधेरा तो बाहर से भी स्याह हो सकता था... बल्कि स्याह था !

आज समझ पाता हूँ ।

शिवमंदिर का अधेड़ लँगड़ा पुजारी, जो मेरी ही पट्टीदारी का था और चाचा लगता था, निहायत ही घटिया इंसान था । प्रसाद का लोभ देकर वह बच्चों को बुलाता था और उनकी चुम्मी लेता था, उनकी देह सहलाता था । पहले-पहल उसी के हाथ में मैंने वह कैलेंडर देखा था, जिसमें राम, प्रस्तावित राममंदिर की पृष्ठभूमि में, धनुष-बाण लिए प्रत्यंचा चढ़ाने की मुद्रा में खड़े थे । उनकी कमर के पीतांबर से भगवा दुपट्टा कटिबंध-सा बँधा था, जिसके सिरे लहराकर अपनी जीवंतता का परिचय दे रहे थे । कैलेंडर के ऊपर 'जयश्रीराम' लिखा था और नीचे 'गर्व से कहो, हम हिंदू हैं !'

लँगड़ा वह कैलेंडर बाजार के फुटपाथ से खरीदकर लाया था । अपने बरामदे की बिना पलस्तर की पुरानी सूराखोंभरी दीवार पर उसे टाँगकर उसने अपना टेढ़ावाला पाँव उठा लिया था और दूसरे साबूत पाँव पर पिता की ओर घिरनी-सा घूमकर, दायाँ हाथ स्टेच्यू ऑफ लिबर्टी की मुद्रा में उठाकर, मुट्ठी कसकर, ऊँचे स्वर में सगर्व बोला था– "जै-सिर्राम !"

उसके पिता वहीं एक झोलर खटिया पर धनुषाकार पड़े थे... मरणासन्न... चिकित्सा के अभाव में... निरुपाय, निस्सहाय... मृत्यु के अंतिम दिन गिनते हुए ।

उनके कलेजे के बीचोबीच एक गहरा घाव हो गया था, जिसकी सूराख से पीव और खून फदफदाकर बहता रहता था और आँखें... पता नहीं बीमारी या दर्द से... बाहर निकलकर लगभग लटक-सी गई थीं ।

उन आँखों में बेटे के 'धर्मोद्घोष' पर कोई प्रतिक्रिया नहीं हुई ।

पिचाए मेढक-सी पथराई वे डरावनी आँखें... जो किसी भी नजारे या हरकत के आगे प्रतिक्रियाहीन हो चुकी थीं !

होते-होते यह हुआ कि पहले तो हिंदू-मुसलमान के बीच का 'राम-सलाम' बंद हुआ; फिर आपसदारी की वे सारी बातें बंद हुईं, जो अब तक शेष रह गई थीं; फिर हिंदू भी आपस में मिलने पर 'राम-राम' के बदले 'जयश्रीराम' कहने लगे...

फिर मुसलमान के लिए सारे हिंदू 'काफिर' हो गए और हिंदू के लिए सारे मुसलमान 'कसाई'...

फिर दोनों के कुएँ और चापाकल ही नहीं, चायखाने और दवाखाने भी अलग हो गए...

जो आदमी अपने घर की भड़की एक दीवार नहीं बनवा सका, एक शौचालय नहीं बनवा सका घर की महिलाओं के लिए, जो आदमी अपने बच्चे के लिए खुद कभी एक घरौंदा नहीं बना सका, वह भी कसम खाने लगा– "कसम राम की खाते हैं, हम मंदिर वहीं बनाएँगे !"

और बच्चे भी जाने-अनजाने उसमें शामिल होते चले गए और अपमानजनक फिकरे कसने से बाज नहीं आने लगे– "ईद, बकरीद, सबेरात बड़ा भारी... मुल्ला की दाढ़ी को रामजी उखाड़ी..."

रामनाम का ऐसा पतन किसी युग में नहीं हुआ !

संतों ने घर-बार छोड़कर, धन-दौलत ठुकराकर, भिखमंगा बनकर, बिलल्ला होकर, मर-हरकर, सैकड़ों वर्षों में, रामनाम की महिमा का जो महल खड़ा किया था, उसे चंद लोगों ने चंद वर्षों में धराशायी कर दिया ! उस 'मणिदीप' से लुच्चों ने अपनी चिलम सुलगाई और उसकी आग में धर्म को फूँक दिया !

और आज तो हालत यह है कि रामनाम सुनकर तुलसी-कबीर नहीं, लोगों को अटल-आडवाणी याद आते हैं !

पर हमारे महापुरुष ठीक कह गए हैं कि सूरज डूब जाए, तो चाँद रोशनी देता है; चाँद न उगे, तो तारे उजाला करते हैं; जब तारे भी अँधेरे में हार

जाएँ, तब मिट्टी का दिया राह दिखाता है ।

उस अँधेरे में, मुझे राह दिखाई बाबा के शब्दों ने ।

"मैं मस्जिद का हिमायती नहीं हूँ, भाईजी !..." वे कह रहे थे– "मैं मंदिर के खिलाफ भी नहीं हूँ ! मैं तो सिर्फ उस संकीर्ण सोच के खिलाफ हूँ, जो धर्म को–सृष्टि की इस सबसे प्रवहमान मानव–चेतना को–जड़ मूर्ति या ईंट–पत्थर के निर्माण में बदल देता है; जो ईंट–पत्थर को जोड़ता है और आदमी को आदमी से अलग करता है..."

बाबा कभी नहीं बदले । बदलते सरोकारों के बीच भी इंसानियत के उनके तकाजे हमेशा कायम रहे ।

जैसे अखंड दीप होता है, कुछ लोग अखंड मानव होते हैं !

पर आम तौर पर उन दिनों, भावनाएँ खंडित हो रही थीं...

सरफू का स्कूल आना बंद हो गया था ।

एक तो पहले से ही स्कूलभर में वह 'जतकटुआ' समझा जाता था, पर अब तो लड़के मुँह पर ही उसे 'कटुआ-कटुआ' कहकर अपमानित करने लगे थे । रोज क्लास में किसी न किसी बात को लेकर अध्यापकों द्वारा भी उसे लज्जित किया जाने लगा था ।

"अब जरा इनके ही पैगंबर को देखो..." सरफू की तरफ उँगली उठाकर कहा जाता– "नाम ही है मोहम्मद... मोह जोड़ मद, बराबर मोहम्मद... यानी जो मोह और मद से बना हुआ हो ! लेकिन अपना देखो... मदन मोहन !... मद न ! मोह न !... यानी जिसे न मद हो, न मोह !..."

लड़के गर्व से तन जाते और सरफू शर्म से गड़ जाता ।

"ई मामूँ-भाँजा का मजार... कौन बनवाए ?... मिथलानरेस सिबसिंघ !" सरफू की ओर इशारा किया जाता– "इतिहास पलटके देख लो ! गजेटियर में भी एही लिखा है कि ई मजार हिंदू राजा सिबसिंघ बनवाए ! अब ओही हिंदू के मंदिर तोड़के आप महजिद बनाए हुए हैं !..."

लड़के ताव खाने लगते और सरफू सिकुड़ जाता ।

फिर भी स्कूल वह आता रहा था । ऐसी मजबूरी थी । छियासी का साल था और हम आठवीं में थे । दिसंबर में वार्षिक परीक्षा होनेवाली थी । उसके बाद हम हाईस्कूल में जाते ।

मगर इसी साल पंद्रह अगस्त को, स्कूल में कुछ ऐसा हुआ, जो उसकी पढ़ने की जिद पर भारी पड़ा !

झंडा फहराने के बाद हेडमास्टर साहब खुद जलेबी बाँट रहे थे। लड़के लाइन में खड़े थे। सरफू को लाइन में देखकर एकबारगी वे भड़क उठे– "तू क्या हाथ पसारे खड़ा है, बे ? तेरी आजादी तो कल ही मन गई ! अब क्या चाहिए तुझे ? पूरा पाकिस्तान तो दे दिया है ! भाग !"

उस दिन लाइन से निकलकर जो वह भागा, तो टीसी लेने भी नहीं आया। पता चला, घर पर ही एक मौलाना उसे पढ़ाने आने लगे हैं, जो कह रहे थे कि सरफू इसी साल मदरसा इसलामिया शमसुल हुदा, पटना से वस्तानिया कर लेगा, फिर वो फोकानिया भी करेगा, मौलवी भी करेगा, आलिम भी करेगा और फाजिल भी करेगा।

हेडमास्टर साहब ने सुना, तो घिनाकर मुँह जहर कर लिया– "हुँह ! अब कुरान-हदीस पढ़ेगा !"

फिर शिलापूजन... फिर रामरथयात्रा... फिर कारसेवा...

फिर छः दिसंबर, उन्नीस सौ बानवे...

पर इससे पहले ही, सन् नवासी में, सरफू को अपने मामूँ के साथ बगदाद जाना पड़ा। अभी उसने फोकानिया किया ही था कि उसे रवाना कर दिया गया। लिच्छवि टाइम्स बंद हो गया था जो उसके अब्बू निकालते थे। घर की माली हालत खराब हो गई थी। मामूँ दो माह की छुट्टी पर आए हुए थे और उनकी राय थी कि सरफू अगर उनके साथ बगदाद चले तो कोई ठीक-ठाक काम उसे दिला देंगे जिससे घर की माली हालत फिर से पटरी पर आ जाएगी। लंबे समय से वहीं रहकर वे एक सड़क बनानेवाली कंपनी में काम करते हुए अच्छे ओहदे पर पहुँच गए थे और उनके लिए सरफू के लायक काम खोजना मुश्किल नहीं था।

"नौशेभाई का जाना, मेरे खयाल से वाजिब नहीं होगा, आपा ! आप जो भी कहें ! अव्वल तो किसी और कारोबार में उनका दिल नहीं लगेगा, और ये भी तो है ही कि आसानी से वो किसी के साथ मिल नहीं पाते... दूसरा ये कि माहौल भी यहाँ का आप देख ही रही हैं, कितना माकूल है ! आप लोगों के साथ एक आदमी ऐसा तो होना ही चाहिए जो जिम्मेदार हो, जमाने का मन-मिजाज जानता हो। और घर में फरजू भी तो है, आपा ! इसे क्यों भूलती हैं ?..."

मामूँ की राय मान ली गई और सरफू चला गया।

उसकी सकुशलता की खबरें मुझे उसके घर से मिलती रहीं।

हाँ ! मैं वहाँ जाता रहा।

जाता रहा उस घर में, उन गलियों में... उन बटलोइयों के पास, जिनकी दाल में मैं अब भी बचा रह गया था नमक की तरह; उन दरवाजों के पास, जिनकी दीवारों पर अब भी बाकी थे मेरी पीठ के निशान...

जाता रहा और उनसे मिलता रहा, उनके पास बैठता रहा... और हर बार, वक्त की हवा को झुठलाकर, हर आशंका को चीरकर लौट आता रहा ।

मैं जब भी गया, उन्होंने मुझसे बातें कीं । सबसे स्याह मान ली गई उन शामों में भी, सबसे बंद मान ली गई उन गलियों में भी, सबसे दुश्मन मान लिए गए उन मकानों में भी, उन्होंने मुझसे मुँह नहीं मोड़े, उन्होंने मुझसे बातें कीं—अजीब-सी बेचैनी और दहशत और गुस्से से भरी बातें !

पहले पता चला, सरफू को मामूँ की ही कंपनी में लिखा-पढ़ी का कोई काम मिल गया है । फिर कई बरस बाद खबर मिली, एक ज्वैलरी में वह सेल्समैन हो गया है । यह काम बेहतर है, अब इसी में रहेगा । पेमेंट भी अच्छा-खासा है । बीच-बीच में वह आता भी रहा, कभी दो साल तो कभी तीन साल के अंतराल पर, कभी फरजाना आपा की शादी में तो कभी खुद की शादी में । पहली बार आया तो मेरे लिए मलमल का कपड़ा लेता आया । जाहिर है, उसके घर की माली हालत अच्छी हो गई थी ।

और आज भी—जबकि हमारे होश सँभालने के वे दिन, इस दुनिया को हमेशा के लिए बदलकर बीत चुके हैं, और इस बीच गंगा-यमुना से दजला-फरात तक जाने कितना पानी बह चुका है, और अमेरिकी ख्वाहिशों के हमलों के बाद, अपने मलबों में सुगबुगाता इराक अपने कल का सूरज टटोल रहा है—मेरे लिए कितना सुखद है उसका होना... इस धरती पर कहीं भी... उसका बचा होना !

सरफू के जाने से मुझे झटका लगा था । पर उसी साल, साल के अंत में, उससे भी बड़ा झटका लगा ।

मैं लतीफ मियाँ की दुकान पर दादी के लिए बीड़ी लाने गया था । शाम होने में अभी देर थी, पर देखा वे दुकान बढ़ा रहे हैं । वजह पूछने पर जल्दी से बीड़ी का एक बंडल देकर कहा— "निक्खत बानो नहीं रहीं, बाबू ! घंटाभर पहले उनका इंतकाल हो गया ! जनाजा सात बजे उठ जाएगा !"

दरबे-सी दुकान के अकड़े हुए काठ के पल्ले हड़बड़ी में बंद कर, सिक्कड़ लगाते बोले— "तू जानता था न उन्हें ? सफेदा की अम्माँ को ?"

सुनकर मैं रो पड़ा । रोता हुआ घर लौटा । बाबा के कमरे में बैठकर, घुटनों में मुँह छिपाए रोता रहा ।

अभी तो एक दिन पहले सफेदा मिला था । मैं माँ के पारण के लिए गाछी से केले का पत्ता काटकर लाने गया था । वह पहले से वहाँ मौजूद था और पहले से भी ज्यादा कमजोर हो चुकी अपनी आँखें मिचमिचाता, चटनी के लिए इमली तोड़ने की कोशिश कर रहा था । मैंने ढेरों इमलियाँ तोड़ दी थीं । उसने यह तो बताया था कि नगरपालिका के लोग नाली का सारा कीचड़ निकालकर गली में बिछाकर चले गए हैं, जिससे उनका साँस लेना, घर में रहना और उसमें आना-जाना भी मुहाल हो गया है; फिर यह भी बताया था कि दवाखाने से लौटते वक्त अब्बू गिरकर चोटिल हो गए थे, लेकिन अब ठीक हैं, फिक्र करनेवाली ऐसी कोई बात नहीं है...

लेकिन अम्माँ को लेकर तो ऐसी कोई बात नहीं हुई थी !

"जान अटकी थी, रे बेटा !"...

आँखों में उनकी कई तसवीरें घुमड़ रही थीं, घुमड़-घुमड़कर बरस रही थीं । कानों में कई शब्द ऐसे सुनाई दे रहे थे, जैसे अभी कहे गए हों...

"जबरा के खोज देओ बेटा !"...

भर्राए गले से कोई कह रहा है... नहीं, कोई नहीं कह रहा !

जबरा तो कबका मर चुका । गाँधी सेतु ने उसकी बलि ले ली । उफ् ! वे पीली आँखें... बाहर को निकली, पथराई, हतप्रभ-सी... वे पीली आँखें ! अम्माँ कितना रोई थीं ! कोई इतना भी रोता है !

अम्माँऽऽऽऽऽऽऽऽ !...

"मल्लू ?"... लगा, किसी ने पीछे से कंधे पर हाथ रखा है । सिर घुमाकर, आँसुओं में डूबी आँखों से देखा, बाबा खड़े थे ।

"बाबाऽऽऽऽऽऽऽऽ !..." उन्हें देखा तो और फूट पड़ा ।

"तू गया था वहाँ ?" उन्होंने मुझे उठाया– "चल, चलते हैं !"

गली में कीचड़ अभी सूखा नहीं था । दस-पंद्रह लोग उसी में जैसे-तैसे जगह बनाकर गमगीन खड़े थे । बदबू से साँस लेना मुश्किल था ।

सरदी की शाम में अँधेरा जल्दी घिर आया था ।

अब्बू घर के जीने पर बुत बने बैठे थे । बेआवाज । कमजोर कंधे गिराए । सूखी गरदन झुकाए । अस्थिशेष जाँघों पर उभरी नसोंवाली जर्जर हथेलियाँ रखे । किसी परछाईं की तरह ।

वैसी पराजित मुद्रा मैंने आज तक नहीं देखी !

बाबा ने उनके कंधे पर हाथ रखा, तो काँपकर उन्होंने चेहरा उठाया ।

किसी ने पीछे से कहा– "पंडीजी हैं..."

अब्बू ने अपने संठी-से हाथ ऊपर उठा दिए और कुछ नहीं कहा । सिर्फ उनकी आँखों से आँसू बहते रहे...

वे आँसू... कोटरों में तब्दील अंधी आँखों से बहते वे अँधेरों के आबशार !

बाबा वहीं लोगों से बात करने लगे । मैं अंदर चला गया ।

अंदर मातमी सन्नाटा था । औरतें रो-कानकर, एक अजीब मनहूस खामोशी से लिपटी बैठी थीं । अगरबत्तियों का धुआँ उस छोटे-से कमरे के माहौल को और भारी, और घुटनभरा बना रहा था । कमरे के बीचोबीच एक चादर पर अम्माँ को लिटाया गया था और चेहरा छोड़कर, बाकी शरीर को एक सफेद चादर से ढँक दिया गया था । चेहरा देखकर लगता था जैसे उन्हें कुछ हुआ ही न हो । सोई हुई हों । अभी उठेंगी और घुटनों के दर्द से चरमराती और मांसपेशियों के दर्द से अकड़ती चूल्हा जलाने चल देंगी, और कहती जाएँगी– "जरी आग ला दऽ सफेदा !"

सफेदा ने मुझे कमरे में आने के साथ ही देख लिया था । दरवाजे के पास उकड़ूँ बैठा, आँसुओं से सराबोर आँखें मिचमिचाता वह इस तरह रो रहा था कि उसे देखकर पत्थर भी चूर-चूर हो जाए ! मैं उसी से सटकर बैठ गया और रोता रहा...

बाहर अँधेरा था । अंधे अब्बू थे ।

अंदर अम्माँ थीं । उनकी बंद आँखें थीं ।

और उनके सामने हम थे–मैं और सफेदा...

"इंसान को दो आँख होवे है, बेटा ! और हमरे खातिर... वो तू है... तू और सफेदा !"

## प्रस्थान

अगर तुम पूछोगी, मद्धी, कि वह कौन-सा सहारा है, जिसने मुझे सँभाले रखा और जिस पर मेरी जिंदगी टिकी रही; वह कौन-सा ध्रुवतारा है, जिसने तूफानों में भी मेरे सपनों के जहाज को भटकने नहीं दिया और मुझे राहे-आदमीयत पर बनाए रखा...

तो मैं कहूँगा भरोसा...

सिर्फ भरोसा !

यही मेरा सहारा है, मद्धी ! यही मेरा ध्रुवतारा है । और आज तक, कभी एक पल के लिए भी मुझे ऐसा नहीं लगा कि मेरा यह सहारा मुझसे छूट जाएगा, कि यह ध्रुवतारा मेरी जीवन-रात्रि के सबसे गहन अंधकार में भी गुम हो जाएगा या बिला जाएगा ।

हाँ, बुरे दौर आते रहे हैं और हमारा दौर भी उनके स्याह सिलसिले से अलग नहीं है । पर इस बारे में मुझे कोई शक नहीं कि एक दिन ऐसा भी आएगा, जब बुराइयाँ खुद अपनी ही आग में जलकर खाक हो जाएँगी । भले हम नहीं होंगे, भले हमारी भलाइयाँ फूँक दी गई होंगी और हमारी स्मृतियों, कथाओं, संघर्षों और हौसलों को दफ्न कर दिया गया होगा, पर बुराइयाँ भी अमर नहीं हैं, मद्धी ! एक दिन आएगा, जब वे बीत जाएँगी... और एक ऐसी दुनिया रह जाएगी, जैसी उसे असल में रहना था...

मुझे भरोसा है... कि वह दिन आएगा, मद्धी !

# एक

माँ-पिता दोनों बिहार सरकार में प्राथमिक शिक्षक थे । पिता दो सौ किलोमीटर दूर पश्चिमी चंपारण में कार्यरत थे और माँ गृह-जनपद वैशाली में । पिता महीने में एक-दो बार घर आते थे, माँ भी सुबह स्कूल चली जाती और शाम में लौटती थी । दोनों की अनुपस्थिति में मैं अपना स्कूल छोड़कर दोस्तों के साथ मटरगश्ती करता था । बाबा स्कूल में पढ़ाई का हाल जानते थे, सो इसके लिए तो मुझे नहीं बरजते थे, मगर मेरा निरुद्देश्य भटकना और चोट-चपेट से बेफिक्र दिनभर बिहरना उन्हें खलता था ।

वे गोरे थे । लंबे-पतले और छरहरे । गोल गले का अधबाँही कुरता और धोती पहनते थे । लंबाई उनकी छः फीट से ज्यादा रही होगी, क्योंकि मुझे याद है, घर की चौखट पर उन्हें झुकना पड़ता था । ज्यादातर पैदल चलते थे और जरूरत पड़ने पर साइकिल से । उनकी साइकिल मुहल्ले की पहली साइकिल थी ।

और उनका प्रेस शहर का पहला प्रेस था ।

वह प्रेस आजादी के तुरत बाद, अड़तालीस की शुरुआत में खुला था । शहर में पहला होने के साथ-साथ उसमें रंगीन छपाई की भी व्यवस्था थी और ये दोनों बातें उसे शहर के लिए महत्त्वपूर्ण बनाती थीं । मगर सत्तर का दशक आते-आते वह शहर के प्रगतिशील और समाजवादी विचार के लोगों का अड्डा बन गया था । बाबा भी उन्हीं के साथ विचारों, बहसों और कार्रवाइयों में लीन होते चले गए थे । चौहत्तर के आंदोलन में तो प्रेस की भूमिका और गतिविधियाँ इस कदर केंद्रीय, गंभीर और प्रशासन की नजर में खतरनाक हो गई थीं कि पचहत्तर के जून में जब इंदिरा गाँधी और उसकी कांग्रेसी सरकार ने देश में आपातकाल की घोषणा की, तो सबसे पहले प्रशासन ने उसे सील कर दिया और कई सहयोगियों के साथ बाबा को गिरफ्तार कर लिया । आपातकाल के तुरत बाद सतहत्तर के मार्च में जब आम चुनाव हुए और कांग्रेस को हराकर जनता पार्टी की देश में पहली गैर-कांग्रेसी सरकार बनी, तो उसने पिछली सरकार द्वारा किए गए सारे मुकदमे उठा लिए । बाबा छूट तो गए, प्रेस भी फिर खुल गया और कुछ समय घिसटता हुआ चला भी, मगर अस्सी में जनता सरकार के विघटन के बाद से जाने क्या हुआ कि बाबा आंदोलन के अपने तमाम सहयोगियों से धीरे-धीरे कटते चले गए और उसी अनुपात में अपने उन बाग-बगीचों की सेवा में रमते

चले गए, जो कभी उन्होंने लगाए थे ।

ये बातें बाद में पिता ने बताईं ।

उन्हीं दिनों, जब मैं सातवीं-आठवीं में रहा होऊँगा, बाबा मेरे करीब आए और आते चले गए ।

"तू आज भी स्कूल नहीं गया ?" वे पूछते, फिर कहते– "चल, आम में पानी पटाते हैं ।" कभी कहते– "चल, चिरईं दिखाते हैं ।" कभी नदी दिखाने ले जाते, कभी मेला घुमाने ले जाते । रास्तेभर कुछ न कुछ बताते जाते । उनकी हर बात मेरे लिए दुनिया के नए दरवाजे खोलती । उनकी जानकारी कमाल की थी !

उन्होंने मुझे ब्लैकबोर्ड के बोझिल, बेजान, बेरस और बंद चौखटे से निकालकर बाहर की खुली हुई असीम, विशाल, खूबसूरत, चुनौतीपूर्ण और जीवन-रस से भरपूर लहराती एक जीवंत दुनिया में पहुँचाया, जहाँ पशु-पक्षी मेरे सहचर थे; नदियों की अज्ञात गहराइयाँ और उनके ललकारते चौड़े पाट, बागों के मर्मर और अदेखे हरे विस्तार, लोगों के जीवन-व्यापार, बादलों की सचल चित्रावलियाँ, मैदानों के मखमली गलीचे, सरकंडों के दुर्भेद्य वनांतर, दिशाओं के असीम पट्ट और अंतरिक्ष के अनगिन रहस्य मेरे शिक्षण के संसाधन थे और पूरी प्रकृति मेरा विद्यालय ।

बाबा ने मेरे स्वप्न और कल्पना के नए डैनों को पहली उड़ानें दीं ।

उन्होंने मेरी अधमुँदी पलकों पर नर्म उँगलियाँ फेरकर मेरी आँखें खोलीं और कहा– "तेरी खुद की आँखें हैं, मल्लू ! खुद की आँखों से देख और खुद की राह खोज !" फिर कहा– "अपने दिमाग से सोच, अपने दिल पे भरोसा कर ! किसी और-सा नहीं, तू खुद-सा बन !"

बाबा आस्तिक थे, मगर कर्मकांडी कतई नहीं । धर्म की सार्थकता व्यवहार से मानते थे । कहते थे– "किसी का दिल मत दुखा ! सबसे प्यार कर ! सुख बाँट ! लोगों का दुख दूर कर ! बेसहारों का सहारा बन ! यही सच्चा धर्म है !...

"ईश्वर कहाँ नहीं है ! यहाँ जो रोशनी है, हवा है, हरियाली और पेड़-पौधे हैं, पंछी हैं, यहाँ जो जीवन हिलोरें ले रहा है, यह सब उसी के कारण है, उसी के होने से है ! उसे झूठ के साधनों में, भ्रष्टाचार के आगारों में, अंधविश्वास के भटकते रास्तों पर क्यों खोजें ? उस अखंड प्रवहमान चेतना को पत्थर की मूरत क्यों समझें ?...

"झूठे उसे पा नहीं सकते, सच्चों को वह खुद पा लेता है !...

"जो धारण करने लायक है, वही धर्म है । तू खुद सोच, मल्लू ! तू खुद से पूछ कि क्या धारण करने लायक है—सत्य या असत्य ? हिंसा या अहिंसा ? दया या निर्दयता ? तू खुद से पूछ, तुझे उत्तर मिलेगा !...

"जो विचार राहे-इंसानियत से भटका दे, विवेक-चक्षुओं को फोड़कर इंसान को अंधा बना दे, वह धर्म नहीं ! उसे मत अपना !...

"जो इंसानियत का मर्म समझता है, वही धर्म समझता है !...

मैं समझने की कोशिश करता ।

## दो

हमारी गाछी में आम के करीब पचास पेड़ थे । सुकुल, सिपिया, बंबइया, मिठुआ, मालदह—कई प्रजातियों के । बाबा मुझे वहाँ ले जाते । बीजू और कलमी का फर्क समझाते । कलम लगाना सिखाते । उन्हें सब याद था कि कौन-सा पेड़ उन्होंने कब लगाया ।

"तू जानता है, आम में पानी पटाने को कैसी क्यारी बनाते हैं ?" मैं 'नहीं' में सिर हिलाता और वे बताने लगते ।

"देख, वे पंछी... साइबेरिया से आए हैं !" सरदी की एक खुशगवार सुबह में, जब धूप खिली थी और कुछ पंछी हमारी गाछी में स्थित पोखर के गिर्द विचर रहे थे, उन्होंने बताया ।

"साइबेरिया कहाँ है, बाबा ?"

"हिमालय के पार, चीन और मंगोलिया के भी सुदूर उत्तर में, सोवियत संघ के मध्य-पूर्व का वह एक विस्तृत भूखंड है... हिंदुस्तान से चार गुना बड़े रकबे में फैला हुआ बर्फ का निर्जन रेगिस्तान... एक अपार बर्फीली दुनिया, जहाँ का मौसम और भूगोल सबसे बेरहम हत्यारे हैं !...

मैं चुप-चकित सुनता रहता ।

"ऊर्जा को पूरी तरह निचोड़ देनेवाली और चट्टानों को भी चकनाचूर कर देनेवाली उस ठंड में बसते हैं वे साइबेरियाई पंछी । सरदी के मौसम में हर साल प्रवास के लिए यहाँ आते हैं । पर जिस संख्या में आते हैं, उससे कम संख्या में जाते हैं । फिर जिस संख्या में जाते हैं, उससे भी कम संख्या में आते हैं अगली बार । लगातार उनकी संख्या घट रही है । उनके शिकारी बढ़ रहे हैं लगातार !...

"तूने नीलकंठ देखे हैं ? आँख-सी आकृतिवाले श्वेत-श्याम खंजन ? पीली ब्राह्मणी चिड़ियाँ ? पेड़ों में घुलमिल जानेवाले शर्मीले हारिल ? कटनी के बाद खेतों में झुंड के झुंड उतरनेवाले भूरे पंडुक ?...

"तूने जेब्रे-सी धारियोंवाले चितकबरे हिमकाकों के बारे में सुना है ? इंद्रधनुषी सौंदर्यवाले मकाऊ तोतों के बारे में ? तू जानता है, दुनिया के सबसे ऊँचे पहाड़ों से भी तीन गुनी ऊँचाइयों पर कलहंसों की उड़ान ? लंबी गरदन, गुलाबी डैनोंवाले फ्लेमिंगो पक्षियों का सामूहिक नृत्य ?...

मेरा सिर विकल 'नकार' में हिलता ।

"और सारस ? लाल सिर, लंबी-काली गरदनवाले वे सफेद-सुंदर सारस, जो तिब्बत के कठिन पठारों से बर्फ के रेगिस्तानों को पार कर, और हिमालय के शिखरों के ऊपर से उड़कर हर साल यहाँ आते हैं... जरा सोच, मल्लू ! कैसा अद्‌भुत लगता होगा, जब वे कैलास की दमकती चोटियों पर सुस्ताते होंगे और मानसरोवर का जल पीकर आगे की उड़ान भरते होंगे !...

उनकी आँखों में एक तरल चमक भर जाती ।

"और यहाँ के किसान उन सारसों का इंतजार करते हैं... कि कब वे आएँ कि कब वे आएँ कि कब वे आएँ... कि कब वे उनके खेतों में उतरें और आसमान की ओर मुँह उठाकर गाएँ...

"यहाँ के किसान सारसों के आगमन को अपने जीवन में सुख, समृद्धि और सौभाग्य का आगमन मानते हैं, मल्लू ! मगर सारस तेजी से घट रहे हैं... और तेजी से घट रही हैं, किसानों के जीवन में, उनके गुलाबी डैनों की मधुर फड़फड़ाहटें और उनके गगनमुखी गान...

"दुनिया में चिड़ियाँ और बंदूकें एक साथ नहीं रह सकतीं, मल्लू !...

"और तिब्बत कैसा है, बाबा ?"

"तिब्बत ?...

बाबा की जानकारी कैसी गजब की थी ! कैसी गहरी और इंसानी एहसासों से भरपूर ! मैं आज भी सोचता हूँ और आश्चर्य करता हूँ । उनका दिमाग अपने वक्त का सही बैरोमीटर था । हमेशा सही 'रीडिंग' बताता था ।

"हिमालय के उस पार, दुनिया के सबसे ऊँचे पठारों में बसा हुआ मौन, एक महात्मा देश–तिब्बत !... जहाँ खिलते हैं हिमपुष्प...

"हिमपुष्प ?"

"हाँ रे, हिमपुष्प ! ठंड से पथराए हिमनदों के किनारों पर खिलनेवाले

उजले हिमपुष्प–काँटेदार खोलों में बंद और जीवित–कोमलता, पराग और ऊष्णता से भरे !...

"पैंतीस हजार से भी अधिक हिमनदों के इलाके में बसा हुआ तिब्बत... खुद भी एक हिमपुष्प है, मल्लू ! उसका आकाश... प्रार्थनाओं से स्पंदित रंगीन पताकाओं पर टिका है ! उसके भूदृश्य... गीतों, मंत्रों और मंगलकामनाओं से गूँजते हुए... कलाबाज शिकारियों की इस दुनिया में सबसे सुरक्षित हैं... और जहाँ मठों से लेकर मड़ैयों तक में एक ही विश्वास है कि आत्मा... हर जिंदा चीज में होती है !...

अक्सर वे रुक–रुककर बोलते । एक–एक शब्द उनकी आत्मा के गहन लोक से कढ़कर आता–सा प्रतीत होता ।

"और वहाँ के लोग... एक बेहद निष्ठुर भूभाग के बेहद कोमल लोग... ठीक हिम–खरगोशों की तरह... हिम–तूफानों में भी जीवित रहनेवाले... जिनके लिए जानवर देवता हैं और पर्वत तीर्थस्थान... और जिनके लिए एवरेस्ट चोमोलाङ्मा है... यानी दुनिया की माँ !...

"मगर आज... वही तिब्बत, मल्लू !... याचना से गिड़गिड़ाता और यातना से बिलखता... सिर्फ एक भिक्षु है... सिर्फ एक बेबस भिखमंगा !...

मैं समझने की कोशिश करता । जो नहीं समझ पाता, उसके लिए अंदर–अंदर बेचैन रहता और मौका मिलते ही पूछता, और वे ऐसे बताने लगते, जैसे उसी के लिए तैयार बैठे हों ।

## तीन

बाबा साइकिल से नदी दिखाने ले जाते । मैं आगे डंडे पर बैठा रहता । नदी से पहले रेतीली जमीन पड़ती, जिसमें साइकिल चलाना मुश्किल होता । बाबा वहाँ उतर जाते और खींचकर साइकिल आगे बढ़ाते । रेत में जूते पहनकर चलने में उन्हें नहीं बनता, तो खोलकर कैरियर में दबा लेते ।

"तुम्हारे पैर जलते होंगे न, बाबा ?"

"हाँ, बाबू !... पर कोई बात नहीं, वो देख नदी !"

"ये कौन–सी नदी है, बाबा ?" पहली बार पूछा था मैंने ।

"गंगा !" उन्होंने बताया था, फिर कहा था– "पर कोई भी नदी हो, मल्लू ! किसी भी देश की कोई भी नदी, गंगा–यमुना से दजला–फरात तक,

सबमें एक ही पानी बहता है...

"नदी ने सबको जन्म दिया—मछली से मनुष्य तक—सबको । दुनिया की सारी सभ्यताओं को नदियों ने जना और पाला-पोसा । वे हमारी जीवनधाराएँ हैं । पर जल्द ही वे सूख जाएँगी...

"तूने ईस्टर आइलैंड के बारे में सुना है ? एक दिन पूरी दुनिया ईस्टर आइलैंड की तरह हो जाएगी... शुष्क... और निर्जन... और निर्जीव... जब हममें से कोई बाकी नहीं होगा, कोई बचा नहीं होगा... जैसे नहीं बचे उस आइलैंड के लोग... वे महान शिल्पी... महान आत्मघाती !...

"तो क्या करना होगा, बाबा ?"

"कोशिश करनी होगी, बाबू ! इस सुंदर दुनिया को, अनंत ब्रह्मांड में जीवन से पुरस्कृत इस एकमात्र हरी-नीली दुनिया को बचाने की कोशिश ! इसके सिवा और कोई रास्ता नहीं, और कोई चारा नहीं...

"तूने इंसान और शैतान की वो कहानी सुनी है ?...

"कौन-सी कहानी, बाबा ?"

"एक अरबी कहानी है ।... अरब ? वो मध्य एशिया का एक शुष्क भूभाग है, मल्लू ! एक बार अरब में अकाल पड़ा—भीषण अकाल ! पशु-पक्षी मरने लगे ! थोड़े-बहुत जो पेड़-पौधे थे, सूखने लगे ! जो भी जरा-मरा पानी के सोते थे, रेत में दफ्न होने लगे ! जीवन पर मौत का साया मँडराने लगा !...

"भीषण अकाल, बाबा !"

"भीषण अकाल ! पर एक दिन वहाँ के एक इंसान ने एक सपना देखा । सपने में उसे किसी ने कहा कि लोगों के पसीने से भरा एक पीपा अगर वो पहाड़ की चोटी पर पहुँचा दे, तो अकाल खत्म हो जाएगा । इंसान ने जागकर सबको अपने सपने के बारे में बताया । पर किसी ने उसके सपने को गंभीरता से नहीं लिया । सब उस पर हँसने लगे । मगर उसने हार नहीं मानी । उसने सबको एक नन्ही चिड़िया की कहानी सुनाई...

"नन्ही चिड़िया की कहानी ?"

"हाँ ! उसने कहानी सुनाई कि यूनान में एक गाँव था, तीन तरफ से पहाड़ियों से घिरा हुआ, इसलिए वहाँ ठीक से न धूप आती थी, न हवा । वहाँ हरियाली नहीं थी, फसलें पनपती नहीं थीं, खेत ऊसर पड़े थे, गाँव के आसमान में बादल कभी छाते नहीं थे । उस गाँव का एक गड़रिया था, जो रोज अपनी भेड़ों को लेकर उन्हीं पहाड़ियों में जाता था—भेड़ों को चराने । एक रोज उसने देखा कि

एक नन्ही चिड़िया एक चट्टान पर बैठी है और उसे अपनी चोंच से खुरच रही है । गड़रिया ने उसे ऐसा करते एक रोज देखा, दो रोज देखा, दस रोज देखा, तो उससे रहा नहीं गया । आखिरकार उसने पूछा– "नन्ही चिड़िया ! मैं कई रोज से देख रहा हूँ, उस चट्टान पर बैठी उसे अपनी चोंच से तू क्यों खुरचती रहती है ?"

चिड़िया बोली– "मैं इन पहाड़ियों को ढाहने की कोशिश कर रही हूँ ।"

"इन पहाड़ियों को ?" गड़रिया जोर से हँसा ।

"हाँ, इन पहाड़ियों को । मैं जानती हूँ कि इनके आगे मेरी कोशिश बहुत छोटी है, पर मैं यह भी जानती हूँ कि जिस दिन तुम्हारे गाँव के लोग मेरी इस छोटी-सी कोशिश का महत्त्व समझ लेंगे, उस दिन वे सभी मिलकर इन पहाड़ियों को ढाहने की कोशिश करेंगे, और उस दिन... ये पहाड़ियाँ ढहेंगी...

"जीवन बचाने की एक छोटी-सी कोशिश भी महान कोशिश है...

"फिर, बाबा ?"

"फिर इंसान की सुनाई वो कहानी सुनकर सबकी आँखें खुल गईं । वे सोचने लगे कि ये आदमी ठीक कहता है, सही राह दिखाता है । फिर उन सबने मिलकर बहुत कोशिश की, बहुत श्रम किया–नहरें खोदीं, खेत कोड़े, कुएँ बनाए, एक-एक बूँद पानी को बहुत पसीना बहाया । इंसान ने सबका पसीना एक पीपे में इकट्ठा किया और बड़ी मुश्किल और मशक्कत से उसे पहाड़ की चोटी पर पहुँचा दिया । सबको लगा कि अकाल अब खत्म हो जाएगा, लेकिन ऐसा नहीं हुआ । पहाड़ की चोटी पर एक शैतान रहता था !...

"शैतान ?"

"हाँ, शैतान ! उसने पीपे को एक लात मारी, तो वो लुढ़ककर वापस जमीन पर आ गया...

"भारी शैतान, बाबा !"

"भारी शैतान ! मगर वहाँ के लोगों ने हार नहीं मानी । उन्होंने कोशिश जारी रखी, श्रम करना और पसीना बहाना जारी रखा । इंसान अब रोज पसीने से भरा पीपा पहाड़ की चोटी पर पहुँचाता और शैतान उसे रोज लात मारकर नीचे गिरा देता...

"रोज ? फिर ?"

"फिर एक रोज वे सभी एक साथ अपने फावड़े-कुदाल-छेनी-हथौड़े लिए हुए चोटी पर पहुँच गए... तो शैतान डरकर भाग गया...

बाबा बच्चे की तरह खिल-खिल करके हँसे थे ।

"शैतान अपना काम नहीं छोड़ता, तो इंसान अपना काम क्यों छोड़े ?"

"सही, बाबा !"

गंगा हमारे आगे आसमान या बादलों से भरी होती और उसमें सूँस कलैया लेते रहते ।

"शुक्र है, सूँस यहाँ अब भी दिखते हैं !" बाबा कहते ।

बाबा से मुझे अनुभवों का एक वृक्ष मिला था । आज मेरी स्मृति में भले उसकी कुछ टहनियाँ और फूल-पत्ते ही शेष हैं, पर जो शेष हैं, उनसे मेरी दृष्टि को रोशनी और चेतना को राह मिलती है ।

"यहाँ सूँसों के शिकारी हैं, मल्लू ! वे उन्हें मारते हैं... मांस के लिए, खाल के लिए, चर्बी और तेल के लिए... सिर्फ स्वार्थ के लिए... वे मारते हैं, हमारी उन जलपरियों को, दुनियाभर में—गंगा से मिकांग तक...

"उन्होंने वियतनाम के बेबस लोगों को ही सिर्फ नहीं मारा, उनकी मिकांग की डॉल्फिनों को भी मारा । उन्होंने हुक में फँसाकर उन प्यारी मरमेड्स को निकाला और आग में पकाकर खा गए ! उन्होंने उन पर गोलियाँ चलाईं और उनके तेल से अपनी बंदूकों के लिए ग्रीस बनाते रहे !...

उनकी उत्तेजना मेरे तन में तरंग बनकर फैल जाती ।

"मिकांग सब जानती है ! उन्होंने कंबोडिया की बुद्ध-मूर्तियों के भी सिर काट लिए और कबाड़ियों को बेच दिया ! मिकांग सब जानती है ! इरावदी सब जानती है ! गंगा सब जानती है ! दुनिया की सभी नदियों में एक ही पानी बहता है..."

नदी-तीर से हम शाम ढले लौटते, जब दिशाएँ चहचहाहटों से भर जातीं और डूबते सूरज की किरणों का गुलाबी चँदोवा आसमान में टँग जाता ।

"लोग नदी में सिक्के क्यों फेंकते हैं, बाबा ?"

"जो लोग ऐसा करते हैं, बाबू, वे न नदी की कीमत जानते हैं, न सिक्कों की औकात !"

हम ढलती शाम की गंगा में सूँसों की एक आखिरी कलैया देखते और लौट आते ।

## चार

रात में मेरी नींद उचट जाती । फिर मैं कई तरह की आवाजें सुनता । पत्ते मर्मर

करते रहते और बीच-बीच में पेड़ अचानक खड़खड़ा उठते । पुआल की ढेरी में सरसराहट होती । मवेशियों की भारी साँस और कुत्तों की कुनमुनाहट सुनाई पड़ती । बीच-बीच में कुत्ते भौंकने लगते और जब वे रोते, तो देर तक रोते रहते । उनका करुण रुदन मुझे किसी भावी दुर्घट की आशंका से भर देता । कभी-कभी अटूट सन्नाटा पथराया हुआ महसूस होता, जो अचानक किसी पंछी की चीख से काँप उठता । फिर कराहें और सिसकियाँ और कई ऐसी आवाजें, जिनका मर्म समझना मेरे लिए कठिन होता ।

मैं सोचता रहता कि रात के इस अंधकार में पंछी किस तरह रहते होंगे—कैसे घोंसलों में ? किन मुद्राओं में ? बगलवाले पीपल के सैकड़ों बगुले, जो रातभर उसे छाए रहते हैं, सुबह होते कहाँ उड़ जाते हैं ? कहाँ हैं उनके दिन के ठिकाने ? किन मैदानों, किन बागों, किन पोखरों, किन जलाशयों में ? उनका रंग इतना सफेद कैसे होता है—सफेद से भी सफेद ? और चोंच इतनी पीली—पीली से भी पीली ? क्या रात में टिमटिमाते आसमान के तारे ही दिन में धरती के फूल बन जाते हैं ? नदियों के जल में जब रात का अंधकार उतर जाता होगा, तब मछलियाँ क्या करती होंगी ? कहाँ रहती होंगी ? किन जल-गुफाओं में ? कैसे देखती होंगी वे अपनी राह ?...

सरदी की हाड़ कँपानेवाली कुहासेभरी रात में, जिसमें अपार धुंध के सिवा कुछ दिखाई नहीं देता और पत्तों पर ओस की टिपटिप के सिवा कुछ सुनाई नहीं देता, मुझे लगता कि पेड़-पौधे और पशु-पक्षी कितने कष्ट में होंगे ! उनके लिए मैं प्रार्थनाएँ करता, जिनका असर दिखता वसंत में...

जब शिशिर बीत जाता था, खंखर बीज और खड़कते पत्ते झड़ जाते थे, सहमी खामोश रातें गुजर जाती थीं, तब आता था वसंत ! गुलाबी प्राणोंवाला... जूही, कचनार और गेंदे-सा खिला... ताजा हवा में ओस-बूँद-सा काँपता... जिसमें रात-दिन पेड़-पौधे फुलाए रहते थे और पशु-पक्षी प्रफुल्ल !

भोर की अधनींद में मुझे बैलों की ठनकती ठोस पदचापें सुनाई देतीं । उनकी मनकों और कौड़ियों की मालाएँ झिर-झिर बजती रहतीं और काँसे की घंटियाँ जलतरंगों की सम्मोहक लय में हौले-हौले टुनटुनाती रहतीं...

सृष्टि के सारे नक्षत्रों और जलधाराओं को पार कर मेरी कच्ची नींद में दाखिल होती वे स्वप्निल आवाजें... मैं कभी नहीं भूला !

बैलों के साथ किसान भी होते । भोर के धुँधलके में उनकी परिचित आहटें मुझे अधनींद में भी आत्मीय सुख से भर देतीं । अक्सर वे गाते जाते और

बीच-बीच में लंबी तानें भरते ।

आज वह तान कहीं सुनाई नहीं पड़ती । किसान मुश्किल में हैं और अपने गान भूल रहे हैं । बैल भी मुश्किल से ही दिखते हैं आज—हमारी दुनिया और सभ्यता-संस्कृति को अपने कंधों पर लादकर इस जेट-जगत और अंतरिक्ष-युग में पहुँचानेवाले वे भोले-निस्पृह बैल आज दिखते भी हैं तो बूचड़खानों की तरफ जाते हुए, जिधर से वे कभी नहीं लौटते ।

उनकी एक चीख भी नहीं लौटती ।

बैल चीख नहीं पाते । अगर चीख पाते, तो बैल क्यों कहाते ?

पर किसान को चीखना चाहिए । वे बैल तो नहीं !

जब त्योहार आते थे, बैलों की सिहरती देहों पर हम अपनी नन्ही हथेलियों की रंग-रंग की छापें लगाते थे...

एकांत में दुनियाभर के खयाल आते थे ।

मेरी कल्पना में पहाड़ सतरंगे होते और एक इंद्रधनुष उन पर किसी चँदोवे-सा टिका होता । जंगल धरती के सारे फलों से लदे होते । उनमें धरती की सारी चिड़ियाँ एक साथ फुदकती-चहचहाती होतीं और सारे फूल एक साथ खिले होते और सारी तितलियाँ एक साथ मँडराती होतीं...

"जंगल जिंदगी हैं—धरती की जिंदगी, हमारी जिंदगी ।" बाबा कहते—"जब तक वे हैं, तभी तक धरती और धरती पर जीवन है...

"जीवों की लाखों प्रजातियाँ हैं, मल्लू ! सिर्फ चिड़ियों की दस हजार से ज्यादा नस्लें हैं और मछलियाँ तो चौबीस हजार से भी ज्यादा किस्मों की हैं ! जीवन इतना विविध है, इसकी बेशी ऐसी बेहिसाब और कमाल की है कि जानकर आँखें फटी रह जाती हैं ! आकाश में जैसे नक्षत्र हैं, वैसे ही धरती पर जीव...

"पर आदमी—सभी प्रजातियों में सिर्फ एक यह आदमी—सभी प्रजातियों को और सब कुछ को नष्ट कर रहा है... खुद को भी...

"साढ़े चार अरब सालों से भी पुरानी इस पृथ्वी का अंत क्या हमारे ही वक्त में, हमारी ही अभागी आँखों के आगे होगा ?...

उनकी आँखों में आशंकाभरी एक कातर चमक काँपने लगती ।

"जिंदगी एक जंगल है । इसमें अक्सर आदमी भटक जाता है ।"

वे ठीक कहते थे ।

"पूरी दुनिया एक जंगल है—जितनी खूबसूरत, उतनी खूँखार !"

## पाँच

शरद की एक दोपहर हम बागवाले पोखर के पास बैठे थे । चारों ओर गिलहरियों, भौंरों और चिड़ियों का समूहगान गूँज रहा था । हवा में फूलों, घासों, पत्तियों, पानी और मिट्टी की गंध घुली-मिली थी । आम के झुरमुटों में फुदकियों, मैनाओं, बुलबुलों और तितलियों का उल्लास थिरक रहा था, जिसे देखते दो-तीन भुजंगे सामने की डालों पर थिर बैठे थे ।

बाबा ने पूछा– "तेरी कमीज का रंग क्या है ?"

"पीला ।" मैंने कहा ।

"दुत् बागड़ !" वे बोले– "नारंगी है । पीला तो हलदी जैसा होता है । कनेर के फूल जैसा ।"

"और किस जैसा, बाबा ?"

"गेंदा, चंपा और अमलतास के फूलों जैसा ।"

"और ?"

"नेनुआँ, झिगुनी और सरसों के फूलों जैसा ।"

"और, बाबा ?"

मेरी जिज्ञासाओं का अंत नहीं । उनके समाधानों की सीमा नहीं ।

"जैसे पका हुआ केला–हरीछाल नहीं... चिनिया, अलपान, मालभोग । पका हुआ नीबू और बेर । खिरनी । पकी मकोई, निमकौड़ी । पुखराज, हरिचंदन । मैना की चोंच, बकरी की आँख..."

"और जैसे वह चिड़िया !" मैं चहका ।

सामने आम की एक डाल पोखर के जल पर झुकी थी । वहीं गौरैए के आकार की लंबी पूँछवाली एक चंचल चिड़िया जलक्रीड़ा कर रही थी । उसे देख बाबा की आँखें आनंद से भर उठीं ।

"अरे वाह ! पिलकिया... वह दुर्लभ खंजरीट... पीला खंजन !" वे झूम उठे– "जानि सरद रितु खंजन आए । पाइ समय जिमि सुकृत सुहाए ॥..."

कोई चीज समझाने का उनका यही ढंग था । किसी जानकारी को वे मेरे ऊपर लादते नहीं थे, बल्कि उसके प्रति मेरे मन में एक जिज्ञासा पैदा करते थे और मेरी पूरी चेतना को उसकी ओर मोड़ देते थे । बिना किसी दबाव के उन्होंने मेरी चेतना की लौ उकसाई और मेरी आँखों में दुनिया के रंग भरे ।

"चल, हरी चीजों के नाम बता !"

"घास । पेड़ । वन । तिरंगे का निचला रंग ।..."

"ठीक ! अब नीली चीजों के नाम ?"

"माँ की नई साड़ी । नंदू की अइया की आँख ।..."

"और ?"

"तीसी के फूल ।..."

"हाँ ! मोर की गरदन । नीलकंठ । शकरखोरा ।..."

"शकरखोरा ?"

"अरे वही, नीली फुलसुँघनी..."

"ठीक, बाबा !"

"ठीक ? अब लाल चीजों के नाम बता !"

"लाल चीजों के नाम ? सिंदूर । अड़हुल । सुग्गे की चोंच । सिम्मर के फूल । पके अनार के दाने ।..."

"हाँ ! और पलाश, गुलमोहर, दुपहरिया के फूल । बाजरे की पकी बालियाँ । मूँगा ।..."

"और ?"

"सारस का मस्तक । कोयल की आँख । रोहू के पाँख । और खून ।..."

"खून ! ओह !..."

## छः

"सबसे अच्छा फूल कौन-सा है, बाबा ?"

"फूल तो सभी अच्छे हैं, मल्लू ! पर मुझे लगता है अमलतास का फूल, जो प्राण सोखनेवाली धूप में भी खिला रहता है और लहलहाता है ।"

"और सबसे अच्छा उपहार ?"

"प्यार ।"

"सबसे अच्छी ताकत ?"

"प्यार ।"

"सबसे अच्छी दौलत ?"

"प्यार ।"

"सबसे अच्छा हथियार ? सबसे अच्छा मंतर ? सबसे अच्छा रास्ता ?..."

"प्यार और भरोसा । और कुछ नहीं । और सबसे अच्छा आदमी वही,

जिसके दिल में प्यार हो, भरोसा हो ।..."

बाबा से मैं कई तरह के सवाल करता और वे मेरी जिज्ञासाओं को शांत करने की हरदम कोशिश करते । अक्सर उनके जवाब से दूसरे सवाल पैदा होते, फिर उनके जवाबों से और-और सवाल उभरने लगते और इस तरह बात लंबी होती चली जाती । वे कभी नहीं चूकते ।

"वो देख, कठफोड़वा !"

शीशम के तने पर एक पंछी बैठा था । खूबसूरत, चित्तीदार । तने पर चोंच से प्रहार कर रहा था । उसकी सुनहरी देह काली-सफेद धारियों और चित्तियों से भरी थी और उसका सफेद सिर लाल टोपी-जैसी आकृति से ढँका था । उसके चंचु-प्रहार की ठकठक-ध्वनि सुनाई पड़ रही थी ।

"वो सोना कठफोड़वा है ।" उन्होंने बताया– "कठफोड़वे पेड़ों को नुकसान नहीं पहुँचाते, बल्कि उन्हें नुकसान पहुँचानेवाले कीड़ों को खाते हैं ।"

फिर जरा रुककर बोले– "पेड़ को कठफोड़वा चाहिए, देश को मठफोड़वा ।"

"मठफोड़वा ?"

"हाँ, मल्लू ! मठफोड़वा ।..." और वे समझाने लगे । उनकी समझाइश तब पता नहीं कितना मेरे पल्ले पड़ी थी, पर उसका मतलब और मकसद दोनों अब जाकर समझ पाता हूँ ।

## सात

कठफोड़वे का नाम पहली बार दादी से सुना था ।

दादी साँवली थी । सिंदूर उसकी मांग में दिपदिप करता था । उसके लंबे शरीर पर छापे की रंगीन-फूलदार साड़ी खूब फबती थी । उसकी चूड़ियाँ कूटने से पीसने तक, माँजने से लीपने तक, धोने से पसारने-सुखाने-समेटने तक, हमारे जागने से सोने तक सदैव बजती रहती थीं और रात के अंधकार में भी जब कभी डरकर या चिहुँककर हम जाग उठते थे, उसके होने का भरोसा दिलाती थीं ।

उसके पैरों की दारुण बिवाइयाँ अलते के रंग में छिपी रहती थीं !

वह हमें रोज कहानियाँ सुनाती थी ।

याद नहीं, उसे कितनी कहानियाँ याद थीं । रामायण-महाभारत और

पुराणों की कहानियों के साथ-साथ भरथरी-गोपीचंद, मछंदरनाथ-गोरखनाथ, आल्हा-ऊदल, शीत-वसंत, परियों, राजकुमारों, राक्षसों, डायनों, चुड़ैलों, पशु-पक्षियों, उड़नेवाले घोड़ों और उड़नखटोलों से लेकर हसन-हुसैन और दुलदुल तक की कहानियाँ !

दिनभर के काम के बाद संझा-बाती करके, शाम के झुटपुटे में जब वह आँगन में कुछ देर के लिए बैठती, हम उसकी देह से लगकर बैठ जाते ।

"खिस्सा सुनाओ न, दादी !"

वह कभी मना नहीं करती । पूछती– "कौन-सा खिस्सा ?"

"वो... चिरईंवाला !"

"चिरईं और राकसवाला ?"

"हाँ, दादी !"

उसकी कहानियाँ मुझे अज्ञात लोकों में ले जातीं । रहस्य, रोमांच, व्याकुलता, आशंका, भय, व्यथा और आनंद की धारा में मैं डूबता जाता । उन कहानियों को मैं सत्य समझता ।

आज तक मेरी सत्ता में–मेरी लघुप्राण सत्ता में–ऐसे सत्य भी शामिल हैं ।

"एक चिरईं थी । पहाड़ पर उसका खोंता था । उसके दो छोटे-छोटे बच्चे थे । दोनों भूखे थे और रो रहे थे । तो चिरईं उनके लिए दाना लाने जंगल में गई..."

"जंगल में ? जंगल में क्या हुआ, दादी ?"

"जंगल में एक राकस रहता था ! शैतान राकस !"

"शैतान राकस ?"

"हाँ ! ताड़-जैसा लंबा ! चट्टान-जैसी देह ! झाड़ी-जैसे बाल ! अंगारों-जैसी आँखें ! चलता था, तो पूरा जंगल काँपता था !..."

"फिर दादी ?" ऐसे मौकों पर मैं अधीर होने लगता ।

"उस राकस ने चिरईं को पकड़ लिया ! पकड़ लिया तो चिरईं बहुत रोई, बहुत गिड़गिड़ाई । बिलख-बिलखके कहती रही–

परबत-पहाड़ पर खोंतवा, भूखे मरे दुन्नो बचवा
ठुन-ठुन...

पर राकस नहीं माना । उसे जरा भी दया नहीं आई । उसने उसे एक पेड़ के

खोखल में रख दिया और उसका मुँह एक भारी पत्थर से बंद कर दिया ।... चिरईं कैद हो गई !..."

आशंका और व्यथा से घुटी आवाज में मैं पूछता– "फिर दादी ?"

"फिर एक रोज उस पेड़ पर एक कठफोड़वा आया । उसकी खटखट से चिरईं समझ गई कि बाहर कठफोड़वा है । वो अंदर से ही रो-रोकर अपना दुख कहने लगी–

परबत-पहाड़ पर खोंतवा, भूखे मरे दुन्नो बचवा
ठुन-ठुन...

तो कठफोड़वा समझ गया । उस समय राकस शिकार करने कहीं दूर गया हुआ था । कठफोड़वे ने अपनी चोंच से पेड़ का तना खोद दिया । चिरईं बाहर निकल आई ।... अब वह आजाद थी !..."

पुलक से मेरी देह झनझना उठती ।

"चिरईं ने कठफोड़वे को बहुत धन्यवाद दिया, उसका बहुत गुन गाया । फिर दाना लेकर बच्चों के पास उड़ गई ।... उधर दोनों बच्चे कई दिनों से भूखे-बेहाल थे और डरे हुए, टूअर-टापर की तरह रात-दिन रोते रहते थे–

अन्हरिया करे सायँ-सायँ री, जंगल में बिला गई मायँ री
ठुन-ठुन...

मगर जब उन्होंने माँ को आते देखा तो खुशी से चहकने लगे, नन्हे-नन्हे पंख उठाकर फुदकने लगे और उससे लिपट-लिपटकर रोने लगे । माँ भी रोने लगी ।"

ऐसे स्थलों पर दादी का स्वर करुण हो जाता और मेरी छाती हहरने लगती ।

कठफोड़वे का जिक्र दादी की एक और कहानी में आया था, जिसमें एक डायन थी जो फूलों से नफरत करती थी । एक बार उसने दुनिया के सारे फूल चुरा लिए और उन्हें अपनी गठरी में बंद कर दिया । गठरी में बंद होकर सारे फूल धीरे-धीरे सूखने लगे, मुरझाने लगे । अपने इस कारनामे पर डायन को बड़ा गर्व हुआ । वह उन्माद से फूली न समाई । फिर उसने क्या किया कि पेड़-पौधों को चिढ़ाने और उनकी हालत पर तरस खाने के लिए सिर पर गठरी उठाए दुनिया की सैर पर निकली । मगर उसका सारा खेल बिगाड़ दिया एक कठफोड़वे ने । उसने अपनी चोंच से गठरी के पीछे चुपचाप एक छेद कर दिया । उससे फूलों के

बीज झड़ने लगे और दुनियाभर में बिखर गए । धरती फिर फूलों से भरने लगी । यह देख डायन को बड़ा गुस्सा आया । वह कठफोड़वे को खाने दौड़ी । पर कठफोड़वा तो कठफोड़वा था । उसने फुरती दिखाई और चोंच से डायन की आँखें फोड़ दीं ।

"वाह !" सुनकर मैं चहका था– "अँखफोड़वा कठफोड़वा !"

## आठ

बाबा ने कठफोड़वा दिखाया । और कई चीजें दिखाईं । उनकी बात-बात में दुनिया की अनेक तसवीरें मैं देखता रहा । पर सबसे खास बात यह कि उन्होंने देखना सिखाया । चीजों में छिपे उन सत्यों को पकड़ना सिखाया, जो आम तौर पर हमारी आँखों से छूट जाते हैं । और इस सबके बीच मुझे पता भी नहीं चला कि सौंदर्य-चेतना कब मेरे अंदर अँखुआने लगी और अपनी जड़ें जमाने लगी ।

बाग, खेत, नदी, पुल, दियारे या ऐसे ही किसी परिदृश्य में विचरते हुए हमने कई संवाद रचे थे । आसपास के दृश्यों या चीजों के बारे में छोटे-छोटे संवाद । कुछ अब भी याद रह गए हैं । अक्सर शुरुआत मैं करता था और अंत बाबा ।

"घास हरी है ।"

"घास धरती की हरी चादर है, मल्लू ! धरती की हरी चादर पर फूलों के रंगीन बेलबूटे हैं । चादर के बिना धरती की देह उघाड़ हो जाएगी ।..."

"पेड़ चिड़ियों का घर है ।"

"पेड़ चहचहाता संगीतालय है । फूलों का महमहाता जिंदा गुलदस्ता है । फलों का मचमचाता टोकरा है । धरती की छतरी है । हरा फव्वारा है–नीले आसमान की ओर उठा हुआ ।..."

"सामने घास का मैदान है ।"

"घास का मैदान मैदान नहीं, हरा समंदर है और उसमें चर रहे मवेशी चर नहीं रहे, उसमें नहा रहे हैं और पेड़ पेड़ नहीं, समंदर के ज्वार हैं ।..."

"गेहूँ के पौधे हिल रहे हैं ।"

"वसंत की धूप में गेहूँ की बालियाँ पक रही हैं और हवा में लहराकर झिर-झिर बज रही हैं । गेहूँ के पकते खेत सोने की खानों में बदल रहे हैं और बजती बालियाँ धरती के गानों में बदल रही हैं । कुछ दिनों बाद जब गेहूँ कटने लगेंगे, गट्ठरों से खेत और कटनी के गानों से ओर-छोर पटने लगेंगे ।..."

"दिन बदलते हैं ।"

"ऋतुएँ बदलती हैं । समय बदलता है । क्रांतियाँ होती हैं और व्यवस्थाएँ बदल जाती हैं । इतिहास से भूगोल तक सब कुछ बदल जाता है । लेकिन हरदम बदलती इस दुनिया में भी जो चीज कभी नहीं बदलती, वो है गरीब आदमी का दुर्भाग्य ।..."

## नौ

मैट्रिक के बाद मैं दो साल मुजफ्फरपुर रहा । वहीं एक कॉलेज से इंटर किया । इसके बाद पटना में रहकर बी. ए. और फिर बनारस से एम. ए. । इन छः-सात वर्षों में घर कभी-कभार ही जाना हो सका । पर जहाँ भी रहा, बाबा अपने होने का एहसास कराते रहे ।

उनके खत आते रहे ।

"तुमने खाड़ी युद्ध की खबरें पढ़ी होंगी । सोचकर तकलीफ होती है कि किस तरह सिर्फ एक शख्स और उसकी निरंकुश सत्ता की गलतियों की सजा एक पूरा मुल्क भुगत रहा है । एक आबादी जो जोर-जुल्म से पहले से ही अधमरी थी और आर्थिक पाबंदियों के बाद और भी बदहाल थी और यों भी मर जाती, उस पर लगातार हवाई हमलों की तसवीरें जब दूरदर्शन पर देखता हूँ, तो आँखें फटी रह जाती हैं । लोग काम कर रहे हैं, खा-पी रहे हैं, रोजमर्रा की जिंदगी जी रहे हैं और अचानक सब कुछ खत्म हो जाता है ! लोरियाँ गाती माँएँ गा भी नहीं पातीं और उनकी गोदों में सोते बच्चे सो भी नहीं पाते और वे दृश्य विस्फोटक अग्निवर्षा में अदृश्य हो जाते हैं ! तुम देखो कि एक शख्स को बस में न कर पाने की खीज वे कितनी बेशर्मी से निकाल रहे हैं और कितनी असभ्यता से, कई सभ्यताओं को जन्म देनेवाली दजला-फरात को लाशों से पाट रहे हैं ! तुमने हलाकू खाँ के बारे में सुना होगा । चंगेज खाँ का पोता वह बर्बर लड़ाका,

वह बेरहम हमलावर, जिसके नेतृत्व में मंगोलों ने बगदाद को नष्ट कर दिया था । आज इराक में उसकी ध्वंसलीला के करीब सात सौ चालीस साल बाद, जबकि इस दौरान वह इराकियों के लिए शैतान का एक पर्याय बन चुका है, इन अमेरिकी कार्रवाइयों के आगे उसके अपराध कितने नगण्य साबित हो रहे हैं !..."

"मैं जानता हूँ, मौलि ! तुम पढ़ाई-लिखाई में लगे होगे, इसीलिए दीवाली में घर नहीं आ पाए । बिना परिश्रम और त्याग-तपस्या के मिलनेवाली सफलता स्थायी नहीं होती और इसे तुम समझ गए हो, इसे जानकर मुझसे ज्यादा कौन खुश होगा ! पर अपने दिल की बात बताऊँ कि दीवाली की रात जब हर तरफ दिए जल रहे थे, मैं तुम्हें कितना याद कर रहा था । तुम रहते तो कितना अच्छा रहता । तुम्हें याद होगा, पिछली बार तुम अपने बाग में भी दिया जला आए थे । लौटते वक्त अगस्त के फूल तोड़ते आए थे और माँ से उनके बचके बनवाए थे । अगस्त-फूल के बचके तुम्हें कितना पसंद हैं ! तुम रहते तो देखते कि इस बार अपने अगस्त में कितने फूल आए हैं ! मैं जब भी बाग जाता हूँ और उन्हें देखता हूँ, कह नहीं सकता कि तुम्हारे लिए मेरा जी कितना ललचता है ! मुन्नी और पुन्नी भी इस बार उदास थीं । तुम्हारा इंतजार अंत-अंत तक करती रहीं और मुझसे बार-बार आकर पूछती रहीं । पिछली बार तुमने उनके घरौंदे बना दिए थे । इस बार नहीं बन सके । उनकी बटोरी ईंटें पड़ी रह गईं । फुरसत मिले तो आओ । तुम्हें देखने का मन करता है ।..."

"अफगानिस्तान में जो हो रहा है, उसे उसके अंतहीन दुर्भाग्य के सिवा और क्या कहा जा सकता है ! उसके अधिकांश हिस्से पहले से ही तालिबान लड़ाकों की गिरफ्त में आ चुके थे, पर आज जबकि उसकी राजधानी काबुल पर भी वे कब्जा कर चुके हैं, क्या तुम्हें उसकी मुक्ति की कोई सूरत नजर आ रही है ? एशिया का वह अभागा और अभिशप्त बच्चा जब कभी लड़खड़ाकर उठना चाहता है, कोई न कोई आघात उसे गिरा देता है । सन् उन्नासी के दिसंबर में जब सोवियत बलों ने उस पर चढ़ाई की थी, तब मेरे दोस्तों ने यही कहा था कि यह युद्ध जल्दी खत्म हो जाएगा । मगर हकीकत है कि कोई युद्ध कभी खत्म नहीं होता । वह कई युद्धों और तबाहियों के एक सिलसिले को जन्म देता है । नौ साल तक चले उस जलजले के बाद भी अफगानिस्तान कभी एक पल के लिए भी चैन की किसी छाँह में बैठकर साँस नहीं ले सका । नजीबुल्ला हों या रशीद दोस्तम, रब्बानी हों या गुलबुद्दीन हिकमतयार, मुजाहिदीन हों या तालिबान या संयुक्त राष्ट्र संघ या इन सबकी पीठ ठोंकनेवाले देश—इन सबने मिलकर उसकी किस्मत को

हमेशा के लिए तबाही की खंदक में धकेल दिया है और बर्बादी के वीरान मरुस्थलों में भटकने को अभिशप्त कर दिया है । एक ऐसा देश, मौलि ! जिसे दुश्मनों ने बर्बाद किया और दोस्तों ने कभी आबाद नहीं होने दिया !..."

इस खत के ऊपर तीस–नौ–छानबे अंकित था और नीचे 'पुनश्च' लिखकर यह भी लिखा गया था–

"दस–बारह रोज से खाँसी है । महादेव भाई की दवा से फायदा नहीं हुआ तो कल यू. के. सिंह को दिखाया है । अखिल साथ गया था । एक्सरे और खून जाँच की रिपोर्ट लेकर कल फिर जाना है । एम. ए. प्रीवियस में तुम्हारे सर्वाधिक अंक आए हैं, जानकर खुशी हुई । गर्व से दिल भर आया । बी. एच. यू. में इतना अच्छा करनेवाले इस इलाके के तुम पहले लड़के हो । घर में सब खुश हैं । तुमसे सबकी आशाएँ जुड़ी हैं, मौलि ! मेरी भी । मैं हर पल तुम्हारे लिए एक सुंदर, साहसी और सार्थक जीवन की कामना करता हूँ जो मेरे जीवन की निष्क्रियता और निष्फलता का पाप धो सके । तुम्हारा वही जीवन मेरा मोक्ष है ।"

फिर बीस–चार–सत्तानबे का यह खत–

"तकलीफ अब सही नहीं जाती । रह–रहकर ऐसी खाँसी उठती है कि बेदम हो जाता हूँ । लगता है जैसे सीने में अंगार झोंक दिया हो । पसलियाँ फटने लगती हैं । डॉक्टर ने भी हजार पाबंदियाँ लगा दी हैं और भूँजा की तरह दवा फँका रहे हैं मगर तकलीफ बढ़ती जा रही है । कल अखिल पटना दिखाने ले जाएगा मगर मुझे यह सब बेकार लगने लगा है । वसंत बीत रहा है, बाबू ! कल तक सामने के मैदान में पूँछ टिलटिलाते फुदकनेवाले प्रवासी खंजन घर लौटने की उत्फुल्लता में दमकते अपने पंख फड़फड़ाने लगे हैं और मेरा मन जाने कैसा तो हो रहा है ।"

इसके बाद उनका कोई खत नहीं आया । दो–तीन खत माँ के आए, जिनमें बाबा की बीमारी मुख्य बात थी । संक्रमण से फेफड़ा बरबाद हो चुका है । बात इलाज से बाहर हो चुकी है । अब कोई आस नहीं दिखती । खून की उलटी रुक नहीं रही । आदि–आदि । इस दौरान मैं हर पल आशंकित रहा, उस बुरी खबर के इंतजार में सहमा रहा । जैसे पूँछ में आग लग गई हो, भाग–भागकर घर जाता रहा ।

फिर आखिरकार वह तार आया–हालत नाजुक है । जल्दी आओ ।

पचीस नवंबर सत्तानबे की सुबह । दिन मंगलवार ।

कार्तिक कृष्णपक्ष एकादशी ।

घर पहुँचा तो दरवाजे पर भीड़ । सन्नाटा । जैसे मेरी ही प्रतीक्षा हो रही हो ।

बाबा अपने कमरे में कंकाल-शेष पड़े थे । चेहरा काला पड़ चुका था । उसकी हड्डियाँ उभर आई थीं और मौत के अँधेरे में गुम होती एक गुमनाम जिंदगी का चेहरा भयंकर लग रहा था । मुँह खुला था । उसकी कोरों से लार ढरक रही थी । कोटरों में तब्दील आँखें बंद थीं । अंत समय था । छाती में अंतिम साँस टूट रही थी ।

इसी छाती से लगकर... इसी कमरे में... मैं कितनी बार रोया था...

"मल्लू आया है..." माँ बाबा के नजदीक झुककर बोली तो उनके चेहरे में जरा हलचल हुई । पलकें हिलीं, होंठ काँपे, कंठ घरघराया, जैसे कुछ कहना चाहते हों... बरौनियाँ अश्रु-बूँदों से भर गईं ।

माँ ने मेरे हाथ में पीतल की लुटिया और आचमनी रख दी । लुटिया में तुलसी-गंगाजल था । इशारे से कहा, पिला दे । सब ऐसा कर चुके थे । मैं ही बचा था । क्या उनके प्राण भी मेरे लिए ही अटके थे ?

मैंने जैसे ही उन्हें तुलसी-गंगाजल पिलाया, उनके कंठ में एक महीन घुरघुरी हुई । एक निरायास कराह घुटी हुई ! टहनी से टूटते वक्त किसी सूखे पत्ते की जैसे अंतिम, पलभर की चरमर...

"बुढ़ापे की जिंदगी तो सूखा पत्ता है, बेटा !" पिछली मुलाकात में कहा था— "अब न तब, ऐसे न वैसे, उसे तो टूटना ही है, टहनी से बिलगना ही है । उसके लिए गम क्या करना, आँसू क्या बहाना ?..."

पर पहली बार हुआ, जब मेरे द्वारा उनकी समझाइश की अवहेलना हो रही थी—मेरे आँसू रुक नहीं रहे थे । बेबसी और लाचारगी में डूबी मेरी आँखें लगातार बरस रही थीं और मेरे चारों ओर अंधकार बरस रहा था...

"दुनिया रहने की जगह नहीं..." उन्होंने कहा था— "इसमें इतनी खामियाँ आ गई हैं कि देखकर लगता है कहाँ आ गए ! जो जहाँ है, अपने से कमजोर का दोहन कर रहा है, बेबस को सताकर बड़प्पन जमा रहा है । जिधर देखो साजिश और दाँव-घात, जिधर देखो झूठ और फरेब । जिसको उत्तर जाना होगा, कहेगा दक्षिण जा रहा है । खुदगर्जी इतनी बढ़ गई है कि गैर तो गैर, मौका मिलते अपना अजीज भी कलेजे में कुठार मार देता है और हाल तो ये है आदमी अपने एक पल के सुख और एक पैसे के फायदे के लिए दुनिया को रसातल में भेज सकता है ।

ये सब सोचकर मन उचाट हो जाता है और निराशा से भरकर मैं सोचने लगता हूँ कि खामियों से भरी ये दुनिया मेरे लिए दुखों का जंजाल हो गई है और रहने लायक नहीं रही...

"पर अगले ही पल, जब मैं भले लोगों के बारे में सोचता हूँ, जीवन में उनकी आस्था और उसके लिए उनका संघर्ष देखता हूँ, तो पुलक और गर्व की एक दुर्लभ अनुभूति से मन भावुक हो जाता है । एक शिशु की निर्दोष किलकारी मेरे हृदय की निराशा को ऐसे दूर कर देती है, जैसे अकेला चाँद रात के समूचे अँधेरे को भगा देता है और मेरी इच्छा होती है कि ऐसी निर्दोष किलकारियाँ सुनने के लिए, ऐसी निर्मल आवाजों से अपना कलेजा विह्वल करने के लिए मैं अनंत काल तक जीवित रहूँ...

"जब मेघमय आसमान में बगुलों की पाँत दमकती है, जब सन्नाटे को सहसा कबूतर भारी फड़फड़ाहटों से छिन्न-भिन्न कर देते हैं, खूँटे से आजाद बछड़ा जब कुलाँचे भरता माँ की ओर दौड़ता है और रोमांच से माँ की बोटी-बोटी फड़कने लगती है, जब एक बच्चा तोतली आवाज में अधबोल कहता है और मरे हुए दिल भी आह्लाद से जिंदा होकर धड़कने लगते हैं, जब एक जोगी राजा भरथरी की संन्यास-कथा को सारंगी की धुन पर विलाप के स्वर में गाता है और सुननेवालों के कलेजे हींड़ देता है, पृथ्वी के विकल प्राणों को स्निग्ध करता चाँद जब रातभर बरसता है या बादलों से खेलता है, जब पूर्वी क्षितिज पर सूर्य की पहली किरणें फैलती हैं... तुम जरा सोचो... कि सूर्य कहाँ रहता है ? हमारी पृथ्वी और जीवन की प्राणवत्ता वो महाप्राण कहाँ विचरण करता है ? ऐसे ब्रह्मांड में, जो इतना अद्‌भुत, अज्ञात और असीम है कि उसमें ग्रहों, नक्षत्रपिंडों, आकाशगंगाओं और रहस्यों के तमाम पुंज समुद्र में कुछ बूँदों की तरह हैं; जिसे महान खगोलवेत्ता उतना भी नहीं जानते, जितना रेत का एक कण समुद्र को जानता है और जिसे जानने के लिए उनकी भौतिकी की महानतम स्थापनाएँ भी समुद्र के आगे कागज की नावों-जैसी हैं...

"सच कहता हूँ, मौलि ! जब मैं समुद्र का हाहाकार सुनता हूँ—जीवन को जकड़े तमाम ओछे, स्वार्थपूर्ण और निरर्थक शब्दों और स्वरों को मिटाता, मटियामेट करता वो चिर हाहाकार; और उसका सौंदर्य देखता हूँ—दसों दिशाओं में लहराता, उन्हें अविराम चुनौती देता हुआ निर्बंध अविरल सौंदर्य; और सोचता हूँ कि कैसे वो अदम्य महाबली हम पर रहम कर रहा है; तो उसके प्रति कृतज्ञता से भर जाता हूँ और इच्छा होती है कि युग-युगांतर तक उसके आगे अभ्यर्थना में

नतमस्तक खड़ा रहूँ । जब तुम हिमालय में जाओगे, उसके किसी निर्जन विस्तार से गुजरोगे, तुम्हारी आत्मा को एक अलौकिक अनुभूति होगी । तुम एक ऐसी गहरी शांति से भर उठोगे, जिसमें पत्तों और पंछियों के स्वर भी किसी और लोक से उतरते महसूस होंगे । ऐसे पंछी, जो तुमने कभी नहीं देखे । वनस्पतियों का ऐसा सघन वैभव, जो तुम्हारी आँखों में कभी नहीं समाया । चारों ओर फूटती ऐसी आवाजें और सरसराहटें, जो तुमने कहीं नहीं सुनीं । तुम्हें पगडंडियाँ किसी रहस्यलोक की ओर जाती दिखाई देंगी । नीले आसमान की छाँह तले, पेड़ों के हरे विस्तार के नीचे, चीड़ की सुई-जैसी लंबी-नुकीली पत्तियाँ जब झड़-झड़कर घाटी की धरती को पीले-भूरे रंग की चटक आभा से भर देती हैं, तो तुम्हें लगेगा, इस दुनिया से दूर किसी और लोक में आ गए हो । जब किसी ऊँचे शिखर पर खड़े होकर दृष्टि के पार तक फैले पर्वतों की श्रेणियाँ देखोगे, जब अचानक किसी कोण से तुम्हें धूप में दमकते हिमशिखर दिख जाएँगे, तब तुम्हें अपनी आँखों की नश्वरता का तकलीफदेह एहसास होगा और तुम चाहोगे कि वे अमर हो जाएँ । जब मैंने पहली बार कंचनजंगा देखा, धुंध में डूबे टाइगर हिल से उसके दिखने के आसार नहीं दिख रहे थे । सात-आठ बजे दिन का समय होगा, लेकिन सूर्य की अनुपस्थिति में घाटी अंधकार से भरी नजर आती थी । पर अचानक सूर्य प्रकट हुआ और प्रकाश होते ही मुझे विस्मित और अवाक् करता वो दिखा—ऊपर आसमान में, चाँदी के विराट फूल-सा खिला हुआ ! मैंने कभी नहीं सोचा था कि इसी पृथ्वी पर, ऐसी कोई पृथ्वीतर चीज भी है और मैं अपनी गरीब आँखों से उसे देख सकूँगा । मैं असहनीय आनंद से रो पड़ा और देर तक हाथ जोड़े खड़ा फूट-फूटकर रोता रहा । ऐसी पृथ्वी पर भला कौन मरना चाहेगा ?...

"दुनिया मिथ्या नहीं है, मौलि ! माया और निस्सार नहीं है । संतों ने इसे जो भी समझा हो, काँटों की बाड़ी या घोर भवसागर, जो भी कहा हो और इस पर आसक्त नहीं होने की जितनी भी सिफारिश की हो, पर जीवन के आखिरी पड़ाव पर पहुँचकर भी इस बारे में उनसे मैं सहमत नहीं हूँ और यही सोचता हूँ कि चाहे जो हो, दुनिया चाहे जैसी हो, छोड़ने की चीज नहीं !..."

और... उन्होंने दुनिया छोड़ दी !

कमरे में मौत का सहमा इंतजार अचानक क्रंदन में बदल गया ।

"मालिक होऽऽऽऽ !..."

निसर्ग को कँपाता, दादी का करुण चीत्कार उठा और उसने सबका कलेजा तोड़ दिया ।

## दस

गंगा के बीच रेतीले भूखंड उभर आए थे । उसकी धारा कई हिस्सों में बँटकर निरीह, निस्तेज और टूटी-बिखरी नजर आ रही थी । सूर्य ढलान पर था और उसकी ढलती रोशनी में हर तरफ एक अजीब-सी उदासी और वीरानी पसरी थी । पानी उतर जाने से कछारों के पास जमी ढेर सारी तलछट दिखने लगी थी, जिसमें शवदाहों और विसर्जनों के मलबे गर्क थे । गंगा का यह घाट हमारे इलाके का मरघट था, जहाँ सदैव एक मनहूस निर्जनता और शून्यता व्याप्त रहती थी, जो कभी-कभार उन कुत्तों की उपस्थिति से ही टूटती थी, जो अपनी खामोश खोजों में लगे इधर से उधर करते थे ।

बाबा की चिता सजाई गई, तब तक बीतते नवंबर की शाम धुंध और सिहरन के साथ उतरने लगी थी । पंछी लौट रहे थे । नदी की फटेहाल देह धुँधलके में डूबती जा रही थी ।

"हमारी नदियाँ सूख जाएँगी..." उन्होंने कहा था—

"हमारे पाल चित्थी हो जाएँगे, हमारी पतवारें गुम हो जाएँगी... इस खामोश तूफान में, इस चोर बवंडर में, हमें पता भी नहीं चलेगा और हमारी नावें भँस जाएँगी, हमारी नदियाँ सूख जाएँगी..."

पिता ने उन्हें मुखाग्नि दी ।

चिता की बढ़ती लपटों के साथ-साथ चारों ओर का धुँधलका और गहरा होने लगा था । उसमें गंगा की देह के टुकड़े और तेजी से डूबने लगे थे । पंछियों के लौटने के बाद की वीरानी आसमान में अँधेरा बनकर उमड़ रही थी, जिसमें सितारे और आसमान सब विलीन हो रहे थे । एक अजीब-सी स्याह, बेपनाह और तकलीफदेह बाढ़ दिशाओं में बेआवाज फैलती जा रही थी । लपटों से घिरी, धू-धू करती चिता चट-चट की तेज आवाजों के साथ चिनगारियाँ उगल रही थी । चिता से कुछ हटकर एक रेतीले ढूह पर बैठा मैं अपनी नदी को खाक होते देख रहा था और मेरी देह, आत्मा और स्मृतियाँ सभी दहक रही थीं ।

मेरी जड़ों को सींचनेवाले हाथ, मेरी आँखों के आगे जल रहे थे !...

मेरी कलियों और कोंपलों को सहेजनेवाले हाथ ! मेरी फुनगियों को झुलसने से बचानेवाले हाथ ! मेरे कंधे थपथपानेवाले, कान उमेठनेवाले हाथ ! मेरे पंखों को पोसनेवाले, सपनों को रँगनेवाले हाथ !...

और हाथों की वे उँगलियाँ, जिन्हें पकड़कर मैं मेले से मरघट तक घूमा

और भूलने-भटकने से बचा रहा !...

और वह छाती—स्नेहातिरेक से काँपती-झनझनाती, उभरी पसलियोंवाली वह दुबली छाती—जिससे लगकर वेदना, विस्मय और आनंद की कितनी ही गलियों से, बस्ती-वीरानों से, लोक-लोकोत्तर और दृष्ट-अदृष्ट से गुजरा था !...

और वे पैर, जो मेरे लिए बाटों में, काँटों में कितना ही चले थे; रौदे और रेत में कितना ही जले थे !...

वे अब भी जल रहे थे । मैंने देखा, निश्शब्द भस्म होते वे पैर चिता से बाहर निकलने को जैसे ऐंठ रहे थे !

"तुम्हारे पैर जलते होंगे न, बाबा ?"

इसी गंगा-घाट पर आते हुए, तपती रेत में, उभरी नसोंवाले उनके सख्त पैर कितनी बार जले थे ।

"तुम्हारे पैर जलते होंगे न, बाबा ?" मैंने पूछा था ।

"हाँ, बाबू !... पर कोई बात नहीं, वो देख नदी !" उन्होंने कहा था ।

मैंने नदी को देखा । वह मुश्किल से दिख रही थी...

कि सहसा उसकी एक पतली जलधार में मुझे हलचल दिखी । कोई छाया-सी उभरी और गायब हो गई ।

"क्या वे सूँस थे ?" मैंने सोचा— "ईश्वर करें, वे सूँस ही हों !"

चिता की राख बुझने के बाद हम लौटे । तब तक बीच कातिक की रात सिराकर आँसू बहाने लगी थी । शवदाह में आए लोग भूख-प्यास और थकान से चूर, शोक से भरे मौन चल रहे थे । भयावह सन्नाटे और अंधकार में डूबे बीहड़ की अस्पष्ट पगडंडी पर उनके शरीर परछाइयों-से लगते थे । पेड़ों की स्याह आकृतियों का चौतरफा व्यूह अंधकार को और गहरा और अभेद्य बना रहा था । झींगुरों की आवाज से सन्नाटे की भयावहता और घनीभूत होकर झंकृत हो रही थी ।

मैं पीछे चल रहा था ।

सहसा महसूस हुआ, किसी ने पीछे से पीठ पर हाथ रखा हो । एक कोमल और शीतल स्पर्श ! रोमांच से देह गनगना गई । मुड़कर देखा—अछोर अंधकार के सिवा कुछ नहीं था ।

"शायद हवा होगी ।"

मैंने सोचा और लौट गया ।

## पुनश्च

यह कहानी यहीं खत्म नहीं होती, मद्धी !

बाबा की मृत्यु के कुछ दिनों बाद, जब उनका श्राद्धकर्म वगैरह हो चुका था और मैं बनारस में था, मैंने एक अजीब-सा सपना देखा ।

बिरला हॉस्टल के अपने कमरे 'के-एट' में ।

देखा कि मैं घर पर हूँ और बाबा नदी देखने आए हैं । अचानक । जाने कहाँ से । जाने कहाँ थे इतने दिन । मैं सोचता हूँ । उन्हें नदी दिखाने ले गया हूँ । राख-सा धूसर, बेजान दिन है । जैसे उसकी ऊर्जा, ऊष्मा और रोशनी किसी ने निचोड़ ली हो । नदी पूरी तरह सूखी है और उसके रेतीले पाट में जगह-जगह खूनभरे गड्ढे हैं, जिन्हें घेरकर सैकड़ों अस्पष्ट-सी आकृतियाँ अजीब मुद्रा में बैठी हैं । खामोश । घुटनों में सिर डाले । नंगी । जाने क्या कर रही हैं । हम उनके करीब जाते हैं, तो एकबारगी पलटकर, भयानक ढंग से नथने फड़काती, हमें वे खूनी आँखों से घूरती हैं...

हे ईश्वर, वे तो खून पी रही हैं !

अचानक एक साथ उठकर, खौफनाक ढंग से फुँफकारती-हुहुआती वे हमारी ओर झपटती हैं । हम भागते हैं । पर बाबा भाग नहीं पा रहे । ऊबड़-खाबड़ रेत में उनके पैर धँस रहे हैं, लड़खड़ा रहे हैं, हार रहे हैं । वे गिर-गिरकर पिछड़ते जा रहे हैं । मैं उन्हें उठाकर भागता हूँ । आश्चर्य कि वे किसी फूल की भाँति हलके हैं ! आकृतियाँ हमें खदेड़ती आ रही हैं और मैं उन्हें उठाए, सीने से लगाए भाग रहा हूँ, भाग रहा हूँ, भाग रहा हूँ...

यह सपना मुझे पसंद नहीं, मद्धी ! अच्छा हुआ कि सपना हुआ...

क्योंकि सच में मैं भागना नहीं, लड़ना चाहता हूँ... और भरसक लड़ भी रहा हूँ... एक बुझती और रेत होती दुनिया में, खूँखार आकृतियों के खिलाफ... अपने विश्वास को सीने से लगाए...

यह विश्वास ही मेरी ढाल है, मद्धी !

और हथियार... मेरे पास कोई नहीं, सिर्फ प्यार है... और मुझे लगता है बस यही एक चीज है जो हमेशा रहेगी... दुनिया के तमाम हथियारों के मिट्टी में मिल जाने के बाद भी... और खुद दुनिया के भी मिट जाने के बाद भी...

जरा सोचो, मद्धी ! एक दिन जब सारे हथियार मिट्टी में मिल जाएँगे, सारे फसादों की जड़ें खाक हो जाएँगी, नफरत और दहशत-वहशत के बुलबुले

वक्त के बेपनाह समंदर में गुम हो जाएँगे, दुर्दिन बीत जाएँगे, दुःस्वप्न बीत जाएँगे, दुर्लोक बीत जाएँगे, दुश्चक्र बीत जाएँगे... तब क्या बचेगा ?

प्यार...

मुझे विश्वास है कि अंततः प्यार ही बचेगा, मद्धी !

□□□